まえがき〜侮りがたしエッセイよ

いやはや、大変なことになってしまった。

人生初のエッセイ本を出すことになったのだ。

しかも書き下ろし。すなわち、この本の中身すべてが新作。

最初にその依頼をもらったときには、素直に喜んだ。

自分もついに
「エッセイを出せる身分になったのか」

と、嬉しくなった。

これはあまり人に言わないようにしているのだが……。

高校生の頃、将来はエッセイストになりたいと思っていた。

特に憧れたのは椎名誠さんであります。

新宿で仲間と酒を呑んだとか、離島でキャンプをしたとか、そんな身の回りで起きたこと

を気ままに書きつづり、それが雑誌の連載になったり、単行本になったりしている。

何と楽しそうな人生か！

ところが、だ。

実際に書いてみると、エッセイ侮りがたし。

まったく進まない。

ちなみに、現在は深夜の2時半。

こんな時間に文章を書くことは、普段ならありえない。

ぼくは朝型の人間なので、毎日7時前には原稿を書き始める。

そうして夕方4時には切り上げて、あとは酒を呑んで早く寝てしまうのだ。

夕べはギョーザを食べ、ビールと白ワインを呑み、かなりいい気持ちになって10時過ぎには寝た。

喉の渇きで目を覚ましたのが1時半。

水を飲み、トイレに行って、ふたたび布団に潜り込んだが、眠れなくなった。

エッセイが進んでいないことを思い出したのだ。

本の泉社の担当編集者、藤岡さんは
「もうね、気楽に考えていいんです。何なら酒を呑みながら書いちゃってください」

などとのたまう。

本当にそうできたら、どれほど楽なことか。

缶詰博士の黒川勇人、こう見えて意外と真面目人間なのだ。

このまえがきも、すでに何度も書き直している。

それでも気に入らず、こうして深夜に起き出し（あ、3時半になった）、とうとう最初から書き直しているところ。

そも、エッセイとは何か。

広辞苑を引くと、「エッセイ」という単語は載ってなかった。

その代わりに「エッセイスト」は載っていて
「随筆家」

と、ひと言だけ書いてある。

なんという素っ気なさだ、広辞苑。

ともあれ、こういう場合はエッセイではなく「随筆」という単語で引けばよい。

するとそこには
「酒に酔って書画を書くこと。また、その書画」

とある。

そ、そんなバカな。よく見直すと、それは随筆の隣に書いてあった「酔筆」という単語の説明だった。

ああ、驚いた。

担当編集者の藤岡さんの言うことが本当だったと、あやうく勘違いしそうになった。

で、随筆である。

「見聞・経験・感想などを気の向くままに記した文章。漫筆。随想。エッセー」

とあった。

なんだ、わざわざ引くまでもなかった。そんなの分かっていたことじゃないか。

ともあれ、広辞苑様がおっしゃるのだ。本当に気の向くままに記しても、誰かに怒られることはないだろう。

そうこうするうち、時計はすでに4時。

いつもなら目覚めの時間である。体操して、ジョギングに行って、帰ってからシャワーと朝食だ。

しかし今日は違う。走りに行く気などまったくしない。

取りあえずまえがきは書いてみたが、この後は一体どうなるのだろうか？

◆目次◆

第5章　缶詰だよ！　おれの人生 ……… 147

第1章

缶詰まみれの少年時代

～遊びも学校も缶詰なしでは成り立たぬ

仙台で探した思い出の風景

ＮＨＫニュースで、面白い話題をやっていた。

昔の懐かしい出来事を思い出し、人と語り合っていると、認知症の進行が予防できるというのだ。

ほかにも、脳の活性化や情緒の安定化、うつ状態の改善など、いいことがたくさんあるらしい。

ぼくはなぜか、子どもの頃から昔を懐かしむ習性があった。

中学生の頃なら小学生時代を、小学生の頃なら幼稚園時代をという風に、いつも昔のことを懐かしんでいた。

それだけでなく、思い出を友人に話したり、文章にしたりということを、物心ついたときから続けている。

何となれば……。

ぼくの脳は、かなり活性化していることにならないか？

情緒も安定しているはずだし、認知症にもなりにくいはずである。

嬉しいことを教えてくれてありがとう、ＮＨＫ！

……と言いたいところだけど、そんなわけがない。

脳はいたって普通レベルだし、情緒はよくブレる。認知症のことはよく分からんけど。

まっ、それはいいとして……。

昔を懐かしんでいたおかげで、ぼくには幼い頃の記憶がたくさん残っている。

ぼくは福島県福島市で生まれた後、１歳の頃に、同じ県内の郡山市へ引っ越した。富田町という、国道沿いの町である。

そこで過ごした2歳前後のことは、今でも鮮明に憶えている。

家は小さな借家で、ささやかながら庭がついていた。

近くには小川が流れており、そこであるとき、亀を見つけたことがある。甲羅をつかんで得意げに持ち帰ると、父は庭に池を作ってくれた。

単なる水たまりのようなものだったが、亀はそこが気に入ったらしくて、しばらく居ついていた。

家の裏手には未舗装の道があり、晴れた日にはよく土埃が舞った。周囲に家はほとんどな

くて、道の向こうは見渡す限りのトウモロコシ畑だった。

夏になると、そこで近所の人達と収穫を手伝った。

トウモロコシの背が高くなるのは、みなさんもご存じの通り。2～3歳のぼくの背丈では、実になかなか手が届かなかった。おまけに茎が固いから、両手で実をしっかりとつかみ、体重をかけないともぎ取れない。炎天下の下で、汗まみれになって働いたものだ。

一度、気まぐれに葉をめくったら大きな幼虫が出てきて、死ぬほど驚いた。目の前で太った幼虫が身をくねらせたのだ。叫び声をあげ、腰まで抜かした。

それ以来、幼虫だの毛虫だの、細長い虫が大嫌いになった。一生分のトラウマをその時に受けたのであります。

そうそう、こんなこともあった。同じく収穫の手伝いに来ていた近所のオッチャンが、ぼくに突然クイズを出してきた。

「トウモロコシは野菜でしょうか？　それとも果物でしょうか？」

素直なぼくは2択問題だと思い、迷った末に「野菜」と答えた。ところがオッチャンはこう言うのだ。

「残念でした！　野菜でも果物でもなく、コクモツなんです」

（は？　コクモツって何。知らないよそんなもの）

コクモツ、つまり穀物のことだけど、幼児が知っている言葉ではない。

ドヤ顔で見下ろしてくるオッチャン。恥ずかしさで不機嫌になるぼく。

それ以降、道で会ってもそのオッチャンとは口をきかなかった。

そんなトウモロコシのシーズンが終わりを迎える頃、コスモスの花が咲き始める。

道端はもちろんのこと、一面が花で覆われた畑もあった。

その一帯は緩やかな丘陵地になっていたので、離れたところから眺めると、コスモスの咲く丘が幾重にも連なっているようだった。

まるで高原の一角のような、本当に美しい土地だった。

郡山市にいた頃は、休日に家族でよくドライブに出かけた。

当時は道の舗装が進んでおらず、砂利や土の道が多かった。その上サスペンションの性能も低かったから、車は上下左右にガタガタと揺れた。そのため、後席にいたぼくは必ず車酔いを起こし、走っている窓からゲエッとやるのが恒例だった。

2歳下の妹も同じだった。ひどい時には両側の窓から2人で吐いた。

当然、車のボディは汚れまくる。2人が吐くたびに父が不機嫌になっていく。

きっとその日のドライブのために、ワックスをかけてピカピカに磨いたのだろう。それがゲロまみれで走っているのだ。

すまぬ父よ！

車酔いは、吐いてしまえば楽になる。その後は妹としりとりをしたり、風景を眺めておしゃべりをした。中でも山裾を巡るドライブは楽しかった。道沿いに果樹園が続くところがあり、リンゴやサクランボが実っている様子を間近に見られるのだ。

旬の時期になると、その道端に作業着姿のオバチャンがずらりと並んだ。彼女たちは、車が通るたびに「こっち」「こっち」と手招きをする。自分の畑に誘い、有料の収穫体験をさせようという魂胆だ。

フルーツ嫌いの父はそんな誘いに乗らず、無表情で通り過ぎるのが常だった。でも子どもは別だ。いつもフルーツが食べたくてしょうがなかった。

ある日のドライブでは、ぼくと妹が食べたいと訴え続け、とうとう車を止めさせた。

自分の手でもぎ取ったフルーツはみずみずしく、桃や梨は齧るたびに果汁がボタボタと垂れた。

そんな福島県を離れたのは、４歳頃のことだ。沖電気工業に勤めていた父の転勤で、郡山市から宮城県仙台市に引っ越すことになった。移った先は木町という小さな町だった。

木町は、寺と日本家屋が並ぶ古い町で、富田町とまったく違った。通りを歩いても建物ばかりで、どうやって遊べばいいのか分からない。例えて言えば、山で遊び回っていたアルプスの少女ハイジが、突然フランクフルトの街中へ移されたようなものである。

富田町の田園風景が懐かしかった。トウモロコシ畑のドヤ顔のオッチャンでさえ恋しかった。そこで、引っ越してからしばらくの間は、どこかに富田町のような場所はないかと探し回った。やがて自転車に乗れるようになると、大人が驚くほど遠い場所まで出かけた。

しかし、そんな場所はどこにもなかった。コスモスの咲く丘や、野性の亀がいる小川、一面が黄色に染まる菜の花畑といった風景は、過去のものになってしまった。

しょうがないので、家の近所にある竹林や荒れ地に潜り込んで遊ぶようになった。秘密基地を作り始めたのも、その頃のことである（Ｐ22を参照）。

死ぬかと思った！　サイドブレーキの思い出

たびたび見る夢がある。車を運転していると、いつの間にかブレーキペダルが遠く離れてしまい、足が届かなくなる。同時にサイドブレーキも利かなくなり、スリリングな思いをするという内容である。

この夢を何度も見る原因は、何となく分かっている。幼い頃に体験した、ある事故のせいだと思うのだ。

それは福島県郡山市に住んでいたときのこと。おそらく3、4歳のときだ。

当時、母はクリーニング会社の配達仕事をしていた。

会社の車で玄関マットや絨毯などを届ける仕事で、その車にぼくと妹が同乗することがあった。

そういう日は保育園が休みだったのか、それとも他の事情があったのか、よく覚えていない。とにかく、幼いぼくら兄妹を家に置いていくわけにはいかなかったのだろう。

配達先は何カ所かあった。でも建物や風景を憶えているのは1カ所だけで、そこは何かの工場だった。ひょっとするとそこは配達先ではなく、クリーニング工場だったかもしれない。つまり、客先から預かったものを工場に持ち込んだときのことだ。工場の入口はかなり広くて、そこからいつも独特の甘い匂いがしていた。おそらくそれは絨毯類を洗う時の溶剤、もしくは仕上げに使うワックスのようなものだったと思う。

配達に使っていた車は４人乗りで、後ろに小さな荷室が備わっていた。ぼくと妹はいつも後部座席に乗った。そこから運転席と助手席の間に身を乗り出して、母と話したり、運転している様子を眺めたりしていた。

そんなある日のこと。

急な坂道の道沿いに配達先があったらしく、母は車首を坂の下に向けて止め、エンジンを切ってサイドブレーキを引いてから降りていった。

いつもなら、ぼくらも配達先についていったはずだ。でもそのときは車に残された。きっと、すぐに済む用事だったのだろう。

この頃、ぼくは車が大好きだった。

はじめて買ってもらったオモチャも、電車や飛行機ではなく

ミニカーだった。父が車の修理工場へ行くときには、必ずついていった。オイルと鉄の匂いが満ちた空間は、何となくスリルやスピードを連想させるものがあった。片隅には最新の車のカタログなどが置いてあり、自分も早く大人になって運転したいと思っていた。

そんな車好きのぼくが、車の中に残されたのである。運転の真似事をしたくなるのは無理もないことだ。

真っ先に思ったのは、エンジンをかけることだった。そのためには運転席に移らないといけないが、母が戻ってきたら叱られそうだ。なので後部座席に座ったまま、届く範囲にあったハンドルを回したり、ウインカーのレバーを上げ下げしたりした。

それからサイドブレーキに目が止まった。ダッシュボーダーの下から突き出ているレバーで、取っ手部分を捻りながら押し込んだり、引いたりするのは分かっていた。

(よし、こいつを使ってみよう)

後部座席から身を乗り出したぼくは、取っ手をつかんで捻り、グッと押し込んだ。サイドブレーキはあっけなくリリースされて、車はそろりと動き出した。

(ぼくの力で車が動いた!)

と、有頂天になったのはほんの数秒のこと。

急勾配のために車は加速し、坂の下に向かってぐんぐん走り始めた。

「お兄ちゃん！」

妹が叫んだと思う。

坂道の先は国道に突き当たる。国道は、何台もの車がビュンビュン行き交っている。

(このまま進んだら死んでしまう！)

ぼくはとっさに判断してハンドルをつかみ、思い切り左に切った。

直後に起こったのは、車が衝突したショックと、ガラスの割れる凄まじい音だった。何かの店のショーケースに突っ込んだのだ。

ぼくも妹も無事で、怪我《けが》ひとつしなかった。衝突した先にも、たまたま誰もいなかった。いくつもの幸運が重なったのだろうけど、思い出すだけでも背筋が凍る。

衝突の後の記憶は断片的だ。

後方から母が叫びながら駆けつけてきて、ぼくと妹を抱きしめた。

そして「ごめんね、ごめんね」と泣きながら謝り続けた。なぜぼくを叱らずに謝るのか、不思議だった。

これは後年になって母に聞いたのだが、事故の直後、ぼくと妹は、母の姿を見たとたんに「ぎゃあーっ！」と泣き出したという。

きっと死ぬほど怖い思いをしたのだろう。自分の記憶では、もっとクールでいたはずなのだけど。

それにしても、だ。会社の車を壊したうえに、突っ込んだ店舗の弁償など、あの事故ではずいぶんと金が掛かったに違いない。すまぬ母よ！

それ以降、母の配達に同行しても、車に触らなくなったのは言うまでもない。

沼の秘密基地

あれは小学1、2年生の頃。昭和で言えば48年前後の話になる。

当時は宮城県仙台市の木町というところに住んでいた。

木町は仙台駅の北東部にある小さな町で、その南には東北大学医学部のキャンパスがある。

さらに南に進めば清流・広瀬川に突き当たるというロケーションだ。

やたらと寺の多い町で、住んでいたアパートの周辺だけでも、10カ所近くはあったと思う。

そんな寺のひとつに、広大な竹林を持っているところがあった。

手入れがされていないのか、竹は鬱蒼と茂り、昼でもなお暗かった。地面は倒れて朽ちた竹だらけだ。

そんな陰気な場所に、ポツンと小さな沼があった。

あまりにも小さいから、名前も付いていない。周りが暗いからとても不気味だ。

でも、ぼくは初めて見つけたときにほくそ笑んだ。

沼の中心に、四畳半ほどの小さな島が浮かんでいたのだ。

もうお分かりだと思う。そう、秘密基地にするのであります。

野生児だった黒川少年は、それまでも秘密基地を２カ所運営していた。

１カ所は、笹と篠竹《しのだけ》が茂る荒れ地に作った。篠竹は、笹と竹の中間のような植物で、成長すると大人の背丈よりも高くなる。

その茂みの中に踏み込み、足元の余計な篠竹を根から折り曲げて、まず床を拵えた。

次に、周りを囲む篠竹をつかんで頭上でク

ロスさせ、細挽きで結んでドーム状の屋根にした。

それだけでは屋根も壁もスカスカなので、隙間には枝葉を編み込んだ。これで外からは中の様子が見えないし、小雨くらいなら防げる。かなり立派な基地だった。

もう1カ所は、川沿いの崖にあった横穴に作った。

奥行きは2メートルほどで、高さは1メートルくらいか。近くには同じような穴がいくつか空いており、昔は防空壕だったという噂があった。しかし真相は不明である。

それらの穴の中で、一番高い場所にある穴を基地にした。

出入りするには、滑りやすい崖を登り降りしないといけない。なので、仲間うちではそこを「命懸けの基地」と呼んでいた。

ぼくも一度、登っている途中で足がすくみ、崖に貼りついて動けなくなったことがある。思い切って飛び降りたところ、擦り傷を負っただけで済んだが、よくもまあ無事だったものだ。

その2つの基地は、仲間と共同で使っていたが、たびたび別グループの子どもに荒らされた。入口を隠したつもりでも、所詮は子どものすること。出入りの様子を見られていたり、メンバーの誰かが秘密を漏らしたりする。

破壊された基地を見るのは悲しかった。泣きながら作り直したこともある。〝秘密基地あるある〟のひとつだと思う。

さて、新しく発見した竹林の沼は、基地になりえるだろうか？

そこは誰でもやって来られる場所で、沼の存在もみんな知っていた。

ただ、その沼はザリガニなどの生き物がいなかった。岸からすぐに深くなっているから水遊びも出来ない。そして、島があっても橋がない。

ゆえに、遊びに来る子どもはあまりいなかった。

一度、友人が島まで竹を架けて渡ろうとして、失敗したことがある。

まるでマンガのように滑り落ち、全身をドロドロにしてしまったのだ。

それを見て学んだぼくは、別の日に単独で架橋作業に取りかかった。

まずは何本もの竹を集め、島と岸の間に渡して足場にした。

次に、太く丈夫な竹を見つけてきて、その先端を島にある岩の隙間にねじ込んだ。手元側は岸に生えていた松の枝に乗せ、細挽きで括りつけた。

これで足場だけでなく、手すりも備わったわけだ。

そうして、滑らないように裸足になって進んでいくと、あっけないほど簡単に島へ渡れた。

橋の長さは、今にして思えば3メートルもなかったはずだ。それでも小学生の黒川少年には大事業であった。

島は狭かったが、所々に陽だまりがあり、コケが明るく輝いていた。ずっと眺めていたくなる景色だった。

遊んだあとは岸に戻って、仮設の橋を撤去した。誰も渡れないようにするためである。

次に行った時には、相棒として妹を連れていった。水筒に水を入れ、魚肉ソーセージとニューコンビーフ缶も持ち込んだ。それで冒険気分がぐっと盛り上がった。

ギョニソは、常に携行していた虫眼鏡で太陽光を集め、表面を炙って食べた。

ニューコン缶は、例のくるくる方式で開け、中身が露出したところを虫眼鏡で炙ってかぶりついた。香ばしくなるからだ。

ところで……。

ニューコンビーフは、2005年に名称をニューコンミートに変えたけど、中身は変わらず馬肉と牛肉をミックスして造っている（比率はおおむね8対2）。

馬肉が入っている分、牛肉だけを使ったコンビーフよりも野趣がある。それがウマい（馬だけに）。

コンビーフもニューコンも、独特の匂いが苦手だという人がいるけど、焦げ目がつくまで焼けばだいたい気にならなくなる。

玉ネギやジャガイモを合わせて料理すると、さらに匂いは緩和されるのだが、それはまた別のページで紹介しようと思う。

さて、島の上でかぶりついたニューコンも、焦げた部分がたまらなくウマかった（馬だけに）。

じつはそのニューコンは、父の大事なつまみだった。

細切りにしたジャガイモと炒めたものを、よく晩酌のつまみにしていたのだ。いかにも美味しそうでよくねだったけど、常に一口しかもらえなかった。

「子どもの体には毒になる」

それが父の言い分である。そんなワケあるかっ！

「お兄ちゃん、ニューコンビーフってすっごく美味しいね」

「二人で食べたことは絶対に内緒だからな」

しかしその後、父にバレて鉄拳制裁を受けてしまった。妹をかばい、自分ひとりのせいにしたのは小さな勲章である。

あの島は実にいい基地だった。おかげで、いまだに竹林と沼が好きである。

プルタブ飛ばし

缶ジュースのフタがプルトップ式になったときは缶動（感動）した。

パキッと音を立ててプルタブを起こし、一気に引きはがしてジュースをゴクゴク。そのとき、プルタブは缶を握った指に、指輪のようにはめてある。

その一連の動作がアメリカのウエストコースト的で（よく知らんけど）、とてもカッコ良く見えたのだ。

それからすぐに、プルタブを手裏剣のように飛ばす遊びが流行した。70～80年代にかけてのことだ。

プルタブは輪とベロに分解する。

輪の切り込み部をベロの端に引っかけ、ベロをバネにすれば、輪は回転しながら勢いよく

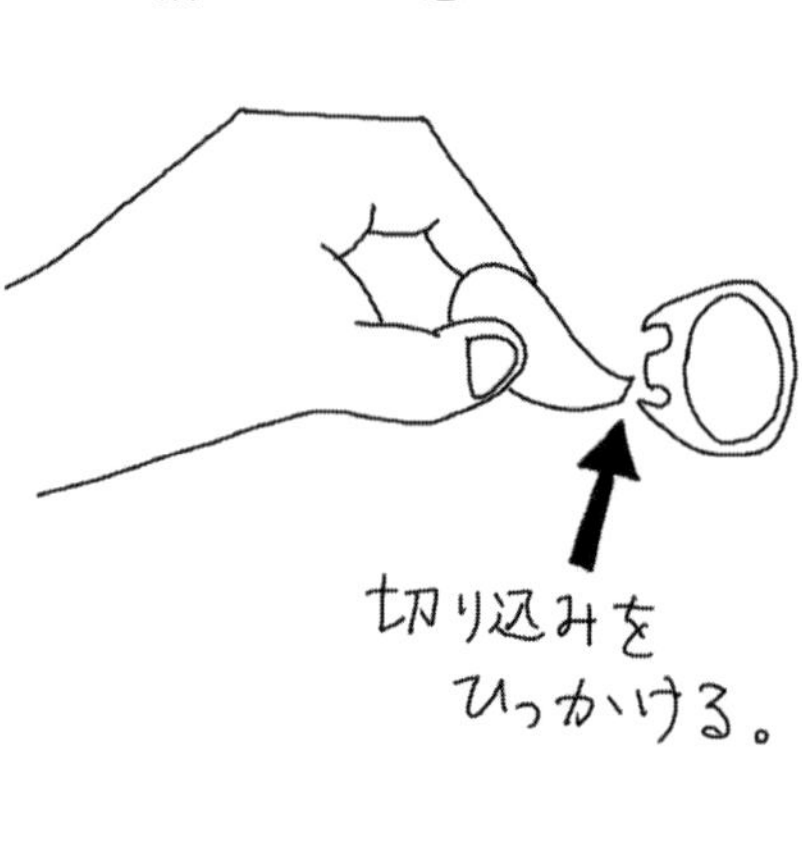

飛ぶ（前頁イラスト参照）。

プルタブは自販機の周りにいくらでも落ちていたから、好きなだけ飛ばすことが出来た。当時はポイ捨てが当たり前だったのである。

なんと民度の低かったことか！

プルトップ式になる前の缶ジュースは、穴をこじ開ける方式だった。

穴開け専用の器具が付属しており、それで飲み口を開けるんだけど、１カ所だけではダメ。飲み口の向かい側あたりにもう１カ所、空気穴を開ける必要があった。

穴が１カ所だけでは、たとえ缶を逆さまにしても、中のジュースは出てこない。

逆に、空気穴を２カ所以上開けると、ジュースの流出量は増える。

何故そうなるのか分からなかった。大人に聞いても満足な回答は得られなかった。

それが大気圧の作用だと知ったのは、小学生の高学年になってからである。

学校教育って大事なんだなァ。

それにしても、あの穴開け用の器具はよく出来ていた。

先端が鷲の爪のようになっていて、その根元はフック状。

フックを缶のフチに引っかけて、テコの原理を使って爪部分をフタに押し込む仕組みだ（次頁イラスト参照）。

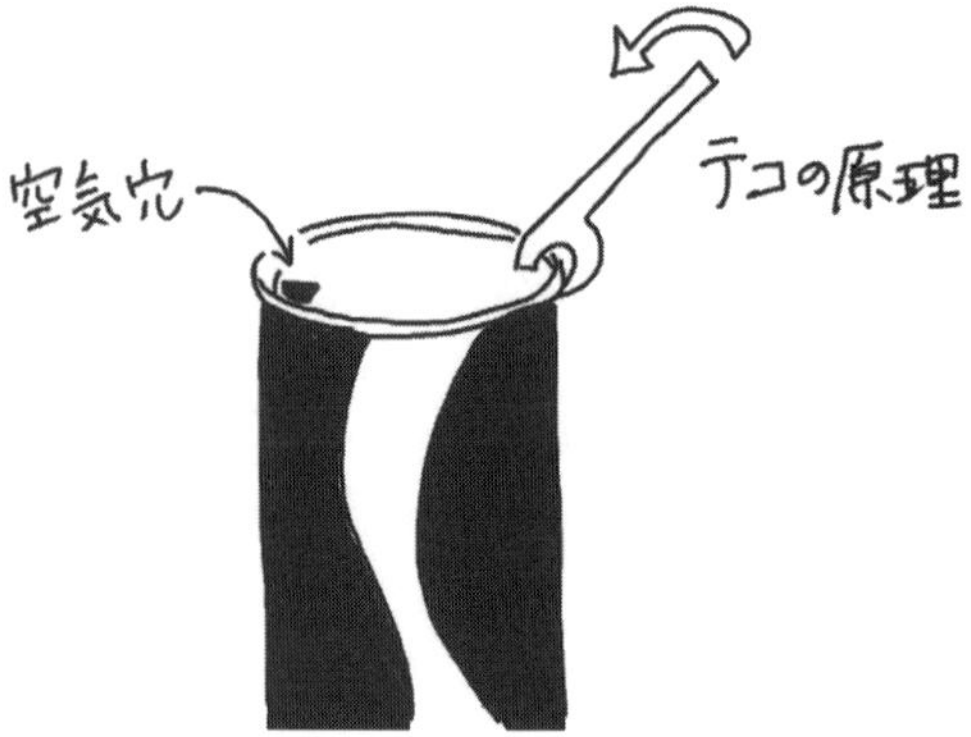

考えてみれば、缶切りとまったく同じ原理ではないか。今になって気付いてしまった。

穴開け器具は使い捨てずに、宝箱にしまっておいた。ナイフの一種のようで貴重品に思えたのだ。もっと集めたかったのに、プルトップ引きはがし式が登場してからは、杳として行方が知れなくなった。

そのプルトップ引きはがし式も、いつの間にか引き〝はがせない〟式に変わってしまった。

きっとぼくらがプルタブを飛ばし過ぎて、日本中がゴミだらけになったからである（冗談です）。

一方、缶本体のほうは缶蹴りに使った。

鬼の隙を狙って駆け寄り、缶を蹴飛ばした時に響く「カーン」という快音。

ダジャレではなく、本当にそういう音がした。昔の缶はスチール製で、頑丈だったからだ。

今のアルミ製フニャフニャ缶では、あんな音は出ないはずだ。というより、一回蹴ったら潰れてしまい、使い物にならないと思う。

桃缶やパイン缶も遊び道具になった。

フルーツ缶はサイズが大きいので、缶ぽっくりにした。上に乗ってぽっくりぽっくり歩くだけなのに、妙に熱中した。

そのまま階段を上り下り出来るようになれば、缶ぽっくりのベテランだ。ところで、空き缶で遊んだのは子どもだけじゃなかった。大人も遊んでいた。

もっとも印象的だったのは結婚式だ。

式を終えたカップルがクルマに乗り込み、新婚旅行へと旅立つ。そのクルマの後には、大量の空き缶が紐で結びつけられていた。

走り出すと空き缶が鳴るガラガラという音。あれほど幸せな騒音もないだろう。

といっても、実際にその光景を見たのはたったの一度。あとは映画やドラマの中だけだった。

「世界の料理ショー」で料理の喜びを知る

ぼくは揚げ物に目がない。

鶏の唐揚げにハムカツ、サンマ竜田揚げなど、油で揚げた食べ物が好きでしょうがない。おやつだって、沖縄のサーターアンダーギーなら毎日食べてもＯＫ。それくらい好き。どうしてこんなに揚げ物好きになったのか？　それは子どもの頃に、滅多に食べられなかったからであります。

宮城県仙台市の木町に住んでいたのは、小学校4年生までのこと。

その頃の両親は、念願の新築一戸建てを建てるために、毎日懸命に働いていた。

朝は2人とも7時過ぎに出掛けていき、母が帰るのはたいてい夜の7時過ぎ。

テレビドラマ〈太陽にほえろ！〉（昭和47年放送開始、金曜夜8時からの1時間番組）を観ていると、その終盤で帰ってくることもあったから、9時近くなる日もあったわけだ。

父が帰るのはさらに遅い。

そんな時間に帰ってきてから料理を始めるわけで、揚げ物なんて作れるはずがない。

母の定番のおかずは、ナスの味噌炒め。納豆にサバやサンマの水煮缶を混ぜたもの。ネギ入りの玉子焼きといったところだ。ほかは味噌汁と漬け物である。

よその家では、コロッケとかフライを手作りしているという。なんと羨ましいことか！

いつか熱々の揚げ物を食べてみたい……。

その願望はどんどん膨らんでいき、ある時期とうとう、ぼくを異常な行動に走らせた。小学3年生の夏休みに、毎日狂ったようにメンチカツを食べ続けたのだ。

それは夏の盛りの、昼に近い時間であった。

近所の寺で遊んでいたぼくと妹は、揚げ物のたまらなくいい匂いを嗅ぎつけた。

近くにあった肉屋が、持ち帰り用の惣菜を揚げはじめたらしい。

そばまで寄ってみると、店頭には惣菜の品書きが貼ってあった。ロースカツやヒレカツなどの合間に〈メンチカツ50円〉と書いてある。

メンチカツ。そのときまで知らなかった食べ物である。どんな味かは知らぬが、たったの50円だ。

そのころ、兄妹の1日の小遣いが100円だった。メンチカツが2つ買える。

「お兄ちゃん、メンチカツってなあに」

「カツの仲間だと思う」

「でも50円って安すぎない？　偽物かな」

「誰か買わないかな。そしたらどんなものか分かるんだけどな」

生唾を飲みながら偵察を続けると、折しも一人の主婦がメンチカツを注文した。油紙に包まれる茶色い物体は予想以上に大きく、まるでロースカツのように見えた。

「カツだ！　お兄ちゃんあれ食べたい！」

「よし、明日の昼に買おう」

「でも、ママに知られたら怒られるかな。パパもきっと怒るよね」

子どもだけで贅沢をしたら叱られる。妹はそう危惧したのだ。

「でも食べたいだろ。任せておけ」

そして、翌日の昼。

再び肉屋の店頭に立ったぼくは、冷蔵ケース越しに店主を見上げて
「メ、メンチカツ2コください」

と注文した。

店で惣菜を買うのは初めてで、とても緊張した。

ひょっとして、店主から
「子どもだけで買い食いするつもりかい？　学校はどこ？」

なんて咎められたらどうしようかと思った。

しかし店主は何も言わず（当たり前だが）、メンチカツを包んで渡してくれた。

「買ってきたぞ！」

家で待機していた妹は小躍りし、すぐに戸棚から食器を取り出した。

「お兄ちゃん、世界の料理ショーの真似しようよ！」

その頃、テレビでは〈世界の料理ショー〉という番組を放送していて、ぼくらは欠かさず観ていた。料理研究家のグラハム・カーが、スタジオに集まった観衆の前でご馳走を作っていくというバラエティ番組だ。

仔羊のロースト・パリ風に、鶏の丸焼きパイナップル詰めオーストリア風、仔牛のロール焼き・アムステルダム風……。彼がジョークを飛ばしながら作る料理は、どれも見たこともないようなご馳走ばかりだった。

番組のラストでは、観衆の一人がステージに招かれ、グラハム・カーと一緒に出来たての料理を堪能する。それが死ぬほど羨ましかった。

そんな自分たちが今、メンチカツという西洋料理を手に入れた！

妹は洋皿を4枚取りだし、それぞれにごはんとメンチカツを盛りつけた。その脇にはナイフとフォークを揃えて、食卓を完璧に整えた。

まるで世界の料理ショーに呼ばれたような気持ちになっ

た。やるな、我が妹よ！

まだ温かいメンチカツにナイフを入れると、肉の合間から透明な肉汁があふれてきて驚く。満を持してほお張ると、甘い脂が口いっぱいに広がり、ついでひき肉と玉ねぎの匂いが鼻から抜けた。

それは、暴力的なほどの美味しさだった。

メンチカツひと口で、茶碗半分のごはんが食べられた。

「すごく美味しいよ、お兄ちゃん！」

その日から、狂乱の日々が始まった。

毎日、昼になれば肉屋に向かい、揚げたてを注文した。

ナイフとフォークを使って食べると、まるで自分たちがワンランク上の人間になれた気がした。

そんな幸福な日が2週間ほど続いたあとで、ぼくの心にある変化が起こった。

メンチカツは肉屋の惣菜の中で一番安かった。それを毎日買いに行くことが、突然恥ずかしく思えたのだ。

そこである日、注文するときに台詞を変えて
「いつものカツを2枚ください」

と言ってみた。毎日通っているのだから、それでじゅうぶん通じると思った。

だが、店主は大きな声でこう言ったのだ。

「カツ2枚は買えないね。１００円しか持ってないんだろ?」

途端に顔が熱くなった。きっと耳まで赤くなったと思う。

「えと、あの、メンチカツを2枚ください」

ぼくは言い直し、店主は頷いてトングをつかんだ。

そんな出来事があってから、メンチカツの魅力は急激に失われてしまった。

その代わりに、揚げ物を自分で作ることにした。最初に試したのはサンマ蒲焼き缶を使った竜田揚げである。

缶詰からサンマを取り出して、タレを切ってから両面に片栗粉をたっぷりとまぶす。

それを油をひいたフライパンで焼くと、表面がカリッと香ばしく焼けて、本物の竜田揚げのようになった。

大量の油を使う本格的な揚げ物は、怖くて出来なかった。そこで少量の油とフライパンで試したのだが、それが〈揚げ焼き〉という調理法だと知ったのは、大人になってからのことだ。

サンマ蒲焼き缶の竜田揚げ（風）が成功したことで、ぼくの料理スキルは大幅に上がったと思う。齢8歳のことである。

メインの素材はすべて缶詰である。そのままでも食べられる缶詰は、冷蔵庫の残り野菜を合わせるだけで立派な一品料理になった。あとは油と調味料で味を変え、たいていは洋風に仕上げた。

それはもちろん、世界の料理ショーの影響を受けたからだ。

「今日はサバ缶のロール焼き・アムステルダム風です」

とぼく。アムステルダム風がどんなものか知らないが、サバの水煮をバターで焼いてコショウをたっぷりまぶしたのだ。

「おお、これは楽しみですね」

妹も観客の役をそつなくこなす。

夏休みの、狭いアパートの台所が、この上ない幸せの空間だった。

いつまでも沸かない湯　その1

先日、コンソメの素を湯に溶かしていたら、ふいに中学時代の記憶が鮮明によみがえった。

紅茶にマドレーヌを浸して食べた瞬間、過去の記憶が鮮明によみがえったというフランスの小説があるけど（マルセル・プルースト／失われた時を求めて）、ぼくだって負けていない。

「あれは雑木林で遊んだ時のことだなァ」

よみがえったのは、中学1年生の冬の記憶だった。アウトドア好きの同級生2人を誘って、冒険に出掛けたときのことだ。

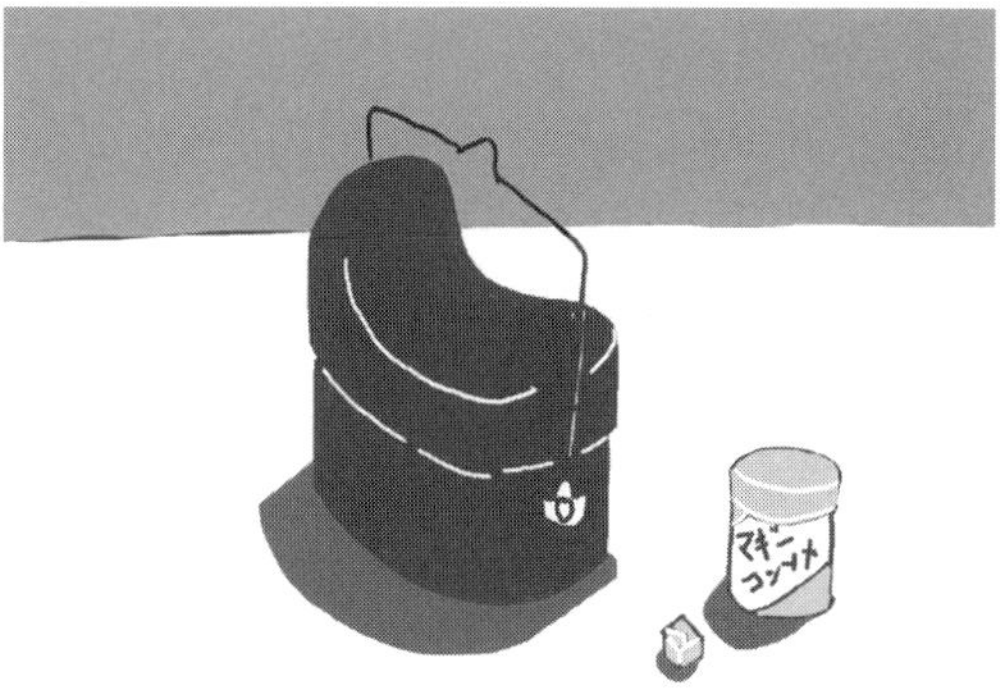

その頃に住んでいたのは、宮城県泉市にある南光台という町だった。

泉市は仙台市のベッドタウンとして発展した土地で、80年代初期にかけて盛んに造成工事が行われた（現在は仙台市泉区となっている）。

ぼくが木町から移り住んだのは77年だったが、その頃もあちこちでブルドーザーが走っていた。開発の途中なので、丘や荒れ地がたくさん残っていた。寺だらけの木町から移ったぼくには、それらの風景がとても新鮮に見えたものだ。

そんな泉市南光台の一角に、ぼくと佐久間進、相澤勝の3人が集まった。

佐久間と相澤は、同じ市立南光台中学校に通っている同級生だ。吹奏楽部に所属する仲間でもあり、普段から馬鹿なことばかりやっている3馬鹿トリオであった。

早朝7時。リュックを背負った3人は、南光台のメインストリートを東に向かって歩いていった。

急な坂道を上がると、その先は隣町の鶴ヶ谷になる。団地と雑木林がある町で、雑木林を抜けた先には大きな谷があった。北端が国道4号線までつながっている、広大な未開発地だ。その谷底で去年、女にフラられた男が首つり自殺をしたという噂があった。その死体はいまだに見つからないという。

3人は、その噂の真偽を確かめようと向かっていた。死体があろうとなかろうと、その調査結果を学校でカッコ良く披露するつもりなのだ。

スノートレッキングシューズで雪を踏みしめ、雑木林を抜けると、ふいに冷たい風が吹きつけてきた。谷に出たのだ。

谷の斜面は思ったより険しかった。そして、谷底に広がる針葉樹林は曇天の下で黒々としずもり、死体のイメージと重なって非常に気味が悪かった。

足元から震えが上がってきた。うなじの辺りがゾクゾクする。

「お、おい。ここを降りるのか？」

相澤が突然、ぼくを睨みつけてきた。若い頃の松山千春そっくりの顔立ちで、その細い目が恐怖で吊り上がっている。

「そういう予定だろ」

ぼくは虚勢を張って、リュックからロープを取り出した。アウトドア雑誌で知ったロッククライミングの下降方法を真似するつもりだった。

「いいか、これはザイルというんだ。ロープじゃないぞ。山のプロはザイルと呼ぶんだからな」

「そのザイルっての、どこで買ったのさ？」

佐久間が尋ねる。

彼は何事にも意思表示がはっきりしており、顔立ちはハリウッド俳優のチャールズ・ブロンソンそっくりだった。

「登山用具の店に行ったの？」

「いや、ダイシンで買った」

ぼくは顔を伏せ、小声で答えた。

〈ダイシン〉というのは、宮城県にあるローカルなホームセンターだ。そこで工事現場で使う安いロープを買っておいたのだ。

もちろん、命を託すザイルなどではない。

ダイシンと聞いて、佐久間の顔が青ざめた。

ぼくはそれに構わず、手近な木の幹にロープを結びつけて、反対側を谷へ投げ落とした。

ロープは短かった。その上、斜面に密生している灌木に引っかかり、すぐ目と鼻の先で絡まってしまった。

「うわあっ！　これで降りろっての？　無理無理無理、ムリです！」

相澤がパニックを起こして絶叫した。

「無理って何だよ。ここから降りるしか道がないんだぞ」

佐久間が責める。しかし、そういう彼の顔色も青いままである。

「このロープは、じゃなかったザイルはな、荷重１００キロまで耐えられるんだ。だから大丈夫なんだ」

ぼくは言ったが、口からでまかせである。

「あのよ、もし本当に死体があったらどうする？」

佐久間が誰にともなく尋ねた。

死体は果たして本当にあるのか？　それを確かめるためにやって来たのに、誰も覚悟が出来ていない。

首吊り死体って、どんな様子だろう。木の枝からぶら下がっていて、首にロープが巻き付いていて。

半開きの口から、舌がはみ出てていたりするのだろうか。

何それ！　ものすごく怖い！

「し、しょうがねえ。お前がそんなに怖がるんなら、今日はやめるか」

ぼくが言う。

「怖くなんかねえよ」

相澤が意地を張る。

「無理すんなって」

「怖くないってば」

「怖いんですね」

「怖くないんですね」

「じゃあさ、さっきの雑木林に戻って焚き火でもやるべ」

佐久間が取りなすように提案してきた。

「んだな。そうするべ」

相澤も佐久間も、明らかにほっとしていた。ぼくは

（いかにも無念！）

といった表情を装ってロープを回収した。３人で来た道を引き返していった。

「なあなあ。お年玉いくら貰えた？」

「全部で1万5千円」

「いいなあ。ウチは1万円だ」

「黒川は何を買うの？」

「プラモ。戦艦金剛の７００分の1スケールが欲しいんだよ」

「おっ、シブいね。俺はモデルガン欲しいなあ」

雑木林に戻ると、恐怖心はすっかり消え去った。そこは落葉樹の林なので、枝の間から陽が差し込み、雪面が眩しく輝いていていた。

いつまでも沸かない湯　その2

雑木林に着いた3人はリュックをおろした。濡れないように、雪が付いていない岩の上に置く。

「よし。火をおこして昼飯にすっぺ」

佐久間が言う。３人で枯れ枝を集めて組み合わせ、持参してきた固形燃料を使って手早く焚き火を作った。

「飯はなに持ってきたの？」

相澤がぼくに訊いてきた。

「ん、何のこと？」

「だって、お前が食料を調達するって言ってたべ」

「んだ！　黒川が調達するって言ってた」

佐久間もぼくを見た。

「ま、その。あれだ」

ぼくは２人から目をそらせた。そんな話はすっかり忘れていたのだ。

「ええと、今日はスープにしようと思ってね」

「いいねえ、いかにもアウトドアっぽい。俺の飯盒で湯を沸かそうぜ」

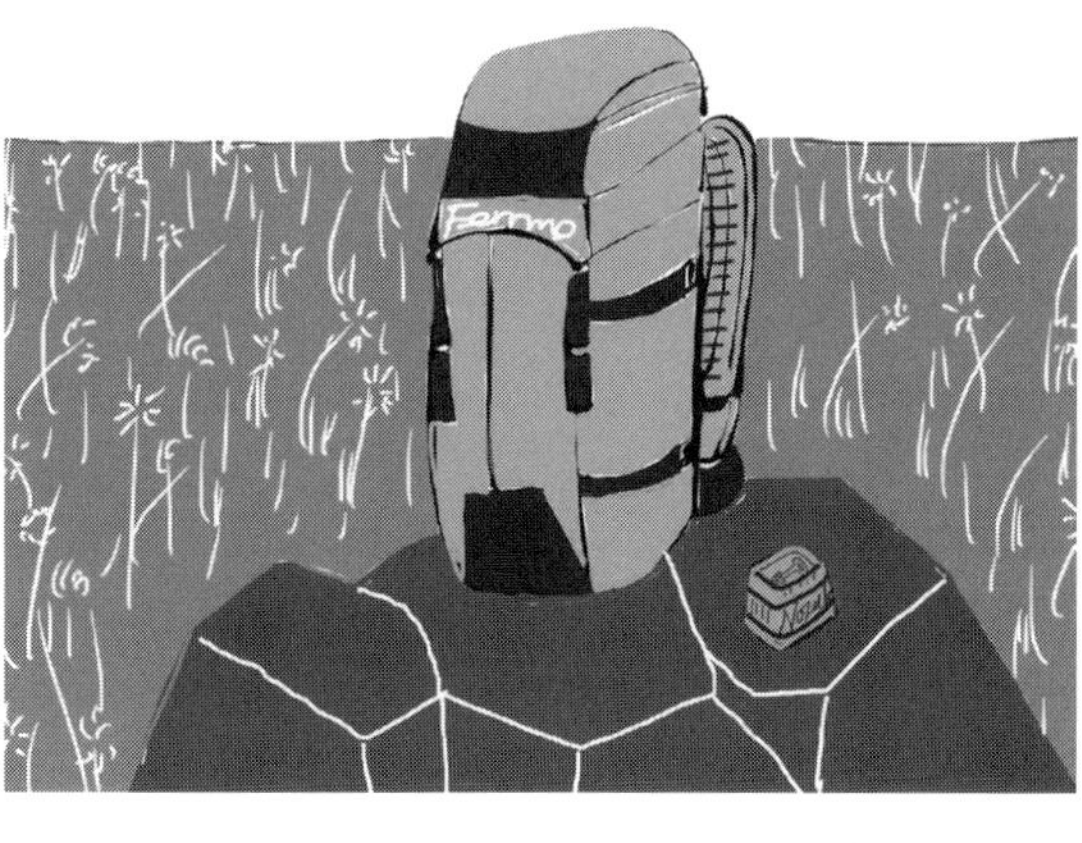

ぼくは佐久間の飯盒を借りて、きれいな雪を掘って詰めこんだ。フタをして、燃えさかる火の上に直に乗せる。雪を溶かして水を得、それを熱湯にするつもりだ。

そんなサバイバルテクニックを披露することで、食料を持って来なかったことをごまかそうとしたのだが、しばらく経っても湯は沸かなかった。

じつは、そうやって雪を溶かすには水も一緒に入れるのがコツだ。その水がまず温まることで、周りの雪も溶けていくのだが、ぼくは当時、そのことを知らなかった。

「おい。いつになったら沸くんだ」

相澤が苛ついてきた。

「そうだな。あと10分だな」

ぼくが断言する。が、根拠はない。

「本当に10分で沸くんですね」

「ああ、沸く」

「本当ですね」

「うるせえなあ。あと10分だってば」

しかし、10分経っても湯は沸かなかった。

「ちょっと見てみっか」

フタを開けてみると、さすがに雪は溶けていた。が、それが熱湯なのかどうか分からない。

「あのさ。お湯って、どうなったら沸いたことになるわけ？」

ぼくが訊くと、

「どれ」

佐久間が指を突っ込んだ。誠に分かりやすい方法である。

「ぬるい……」

結局、湯は沸騰しなかった。

腹が減ってしょうがないので、1つだけ持っていたコンソメキューブを溶かして飲むことにした。が、湯に対してコンソメの量が少なすぎた。スープとは呼べないほど薄くて不味い。

「黒川てめえ、この空腹をどうしてくれる」

「くっそー腹が減った！」

2人はぼくを糾弾し続けたが、ぼくだって言われっぱなしではない。

「お前ら、何も知らないんだな。いいかコンソメというのはな、あらゆる栄養の塊なんだ。いくら薄くても、これで1食分の栄養は摂れるんだ」

「ウソをいうな！」

「ウソじゃない。山のプロはみんなコンソメを持っていくものです」

もちろん、口からでまかせであった。

「それにしても寒いな」

その後は焚き火を大きくすることに熱中した。３人で散らばり、枯れ枝を大量に集めては火にくべる。

相澤が大きな切り株を見つけて引きずってきた時には、ぼくと佐久間が思わず拍手を送った。

焚き火を眺めていると、時間の過ぎるのが早く感じる。いつの間にか陽が沈んでいた。

「こんにちは！」

背後から突然声がして、３人は驚いた。ぼくは腰掛けていた倒木から転げ落ちてしまった。

「すみません、寒いので焚き火に当たらせてください」

木立の中から現れたのは、小学生の集団だった。５〜６人はいるだろうか。その中のリーダー格らしい子どもが声を掛けてきたのだ。

「おう、遠慮なく当たれよ」

佐久間が招く。

「学校はどこ？」

「南光台東です」

「何だ、お前らヒガシか。俺の後輩だ！」

佐久間は自分の出身校と分かって破顔した。ぼくと相澤は違う学区だったため、佐久間とは小学校が別だった。

「どうだ、学校の様子は変わらないか？」

「どうなんでしょう。先輩がいたときと変わらないと思いますけど」

佐久間たちは、ひとしきりヒガシの話題で盛り上がった。蚊帳の外に置かれたぼくと相澤は、黙って火を大きくしていた。

周囲はすでに漆黒の闇である。炎と、それに照らされた顔だけが明るかった。

「それじゃ失礼します。ありがとうございました！」

リーダーの子どもが宣言し、帽子をとってペコリとお辞儀をした。他の子どもたちも同じようにお辞儀をして、闇に消えていった。

「礼儀正しい奴らだな」

相澤が言った。

「ヒガシの連中はみんなそうだよ」

佐久間が胸を張る。

「ここ、気に入ったたな。今度はちゃんと食料を持ってこような」

ぼくが言うと、佐久間と相澤が声を揃えた。

「お前が言うな」

それから間もなく、この3人でアウトドアクラブを立ち上げた。休日は釣りや登山、キャンプに熱中し、学校では部活に明け暮れた。

おかげで勉強をするヒマがなかった。困ったものだ。

缶詰の正しい開け方

小学生向けの講演会で、イージーオープン式の缶詰の開け方を教えたことがある。

その時に驚いたのは、今どきの子の賢さだった。

「はじめに親指でプルタブを引き起こします」

「はい」

「その後、プルタブに人差し指を入れて、さっきの親指はフタの上をぐっと抑えます。

そうしてプルタブを引っ張っていくと……」

「はい。あっ、分かった！　これはテコの原理だ！」

ねっ、賢いでしょ。それに考えが科学的なのも素晴らしい！

ということで、イージーオープン缶を開けるにはテコの原理が役立ちます。

同じく大事なのは、なるべくテーブルなどの上で開けること。傾いた状態で開けると、中の液体があふれて手が汚れます（けっこうやりがち）。

第2章

缶が取り持つ縁もある

～缶詰好きの愉快な仲間たち

ぶっ掛ければウマいんだよ

昨日、久しぶりに鈴木氏に会った。

「鈴木氏ってどこの鈴木だよ」とツッコミたくなると思う。しかしこの鈴木は、そんじょそこらの鈴木ではない。

名を鈴木正晴といい、東京・新橋駅構内に缶詰専門店〈カンダフル〉を構える社長である。身長およそ175センチ。ひょろりと痩せており、スキンヘッドに小洒落たメガネを掛けていて、一見するとアパレル業界人のよう。

缶詰専門店を持っているくらいだから、当然、缶詰大好き人間である。

そのカンダフル鈴木と、仕事の話をちょっとしつつ、エッセイ本がなかなか進まないという話をしたら
「自由に書いちゃえばいいじゃないですか」

と言う。

この本の担当編集者・藤岡氏とまったく同じことを言うのである。

釈然としないでいると、続けてこんなことを言う。

「ずいぶん昔ですけど、博士に聞いた話は今でも憶えてますよ」

「どんな話？」

「サバ水煮缶はどうやって食べればいいのか訊いたら、〝そんなもん、ごはんにぶっかけてしょう油を垂らせばいいんだよ〟と言ってました」

「そんなこと言ったっけ？」

「試してみたら本当に美味しくてビックリ。そういう話を読みたいですね」

そうだった。サバ水煮缶はそうやって食べるのが一番素朴でウマいのだ。

幼い頃からやっている食べ方であり、中高年となった今でも変わらず続けている。

好きな薬味（梅干しとか、ワサビとか、ミョウガ千切りとか）を足すともっと美味しいけど、基本はしょう油だけで充分。

極めて粗野。極めて原始的。でもウマい。それがぶっ掛け

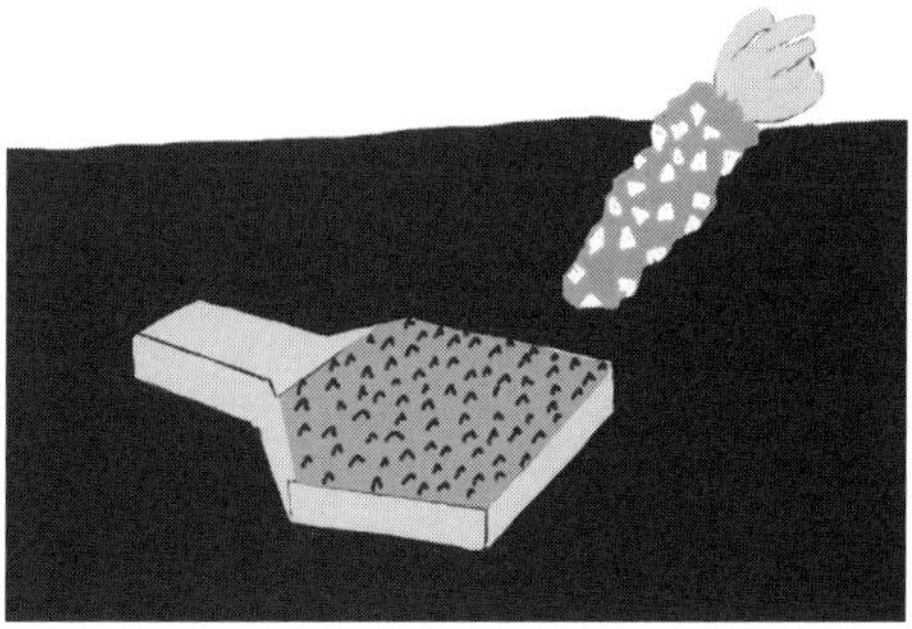

ごはんである。

鮭缶のぶっ掛けごはんが好きなのは、作家の荒俣宏さんである。

この方も缶詰大好き人間のひとりで、中でも鮭缶がたまらなく好きだという。

荒俣さんのぶっ掛け方は以下の通り。

①熱々の白ごはんに鮭缶を汁ごとぶっ掛ける
②大根おろしもぶっ掛ける
③しょう油を垂らせば〝缶成〟

鮭缶だけでなく、大根おろしを加えるのが缶所（勘所）であろう。

大根の爽やかな香りと辛味が魚臭を和らげ、かつ、適度なとろみを与えるので、茶碗に口をつけてかっこめば、鮭・缶汁・大根・ごはん・しょう油の混成部隊がなめらかに喉を滑り落ちていく。

荒俣さんは、鮭缶が好きなあまり、鮭缶製造大手のニチロ（現・マルハニチロ）へ就職してしまったという、筋金入りの御仁であります。

ぶっ掛けてウマいのは魚缶だけではない。

ホテイフーズの〈やきとりたれ味〉、あれも白ごはんに合う。

ぼくのオススメは、とろろを合わせることである。

白ごはんの上にとろろをたっぷりと広げ、その上からやきとりをタレごとぶっ掛ける。

最後に卵黄を落として、七味唐辛子を好きなだけ散らせば〝缶成〟。

このメニューを〈やきとり回復丼〉と呼んでいる。

鶏肉も、とろろも、米も、薬膳的には白い食材という扱いになる。

白い食材は、疲労した精神を回復させるパワーがあるそうな。

なので、対人関係などでくたびれた時には、このやきとり回復丼が役立つことでありましょう。

それと、忘れちゃいけないのがマグロ味付けフレーク缶。

ツナ缶の仲間で、マグロやカツオのフレークを砂糖しょう油で煮た缶詰である。はごろもフーズの〈はごろも煮〉がメジャーだ。

フレークを噛むと、甘じょっぱい味と一緒にマグロ（カツオ）のうま味がじゅわっと湧き出てくる。そのうま味は普通のツナ缶よりも濃い。

清水食品〈うまい！鮪生姜入り醤油仕立て〉というのもあって、こっちは細切れになったショウガがたっぷり入ってる。ショウガの風味が鮮烈で、しょう油の味がキリッと立っていて、ごはんに合わないわけがない。

ぶっ掛けごはんの魅力は尽きないが、じつはマイナス点もある。それは、美味しいあまりごはんを食べ過ぎてしまうことだ。

男なら、軽く1合は進みますぞ。

トークで滑る～師匠は2人

久しぶりにトークショーをやったら、盛大に滑ってしまった。

滑ったというのは、話がウケなかったという意味。

なぜだろうなァ。へこんだなァ。

トークショーや講演会はわりと頻繁にやっていたが、コロナ禍で中断していた。

なので、お客さんの前で話をしたのは、ほぼ3年ぶりということになる。

それで勘が鈍ってしまったのか？　いや、〝缶〟が鈍ったのか。

うん。そういうことにしておこう。

ぼくにはトークの師匠が２人いて、ひとりは落語家の春風亭昇太さん。もうひとりはコメディマジックコンビ〈ナポレオンズ〉のパルト小石さん（故人）だ。

昇太師匠は今や人気番組〈笑点〉の司会者である。落語会ヒエラルキーで最上位に位置すると言ってもいい。

そんなすごい人を師匠に持つということは、缶詰博士もじつはすごい人ということになりそうだが、そうではない。

弟子入りしたわけじゃなくて、勝手に慕い、学んでいるのであります。そういう慕い方を私淑（ししゅく）というそうだ。

昇太師匠は城マニアとしても有名で、その他にも昭和の家電製品とか、自動車とか、好きなモノ・コトがたくさんある。

それらの話をするときの、目の輝きがすごい。

身振りを加えたその様子に、惚れ惚れとしてしまう。

そして、ここがぼくにとって大事なところだが、大の缶詰好きでもあるのだ。

先日のトークショーでも、打ち上げの時間に駆けつけてくれ、一緒にホテイフーズの新商品〈やきとり白トリュフ味〉を味見した。本当に美味しそうに食べてたっけ。

昇太師匠は静岡県のご出身である。

静岡といえば、日本のツナ缶発祥の地。幼い頃から毎日のように食べて育ったというので、シンプルで美味しい食べ方を尋ねてみると

「ごはんに乗っける！」

とおっしゃる。

いや、それは知ってますよ師匠。いわゆる猫マンマでしょうと返すと

「ひとつ工夫がある。ツナだけじゃなくかつお節も乗せるんだよね」

とおっしゃる。

試してみると、確かにウマい。

熱々の白ごはんにかつお節を乗せて、ひらひらと踊り出した上にツナをゴロリゴロリ（油ごと）。

そうして、上からしょう油を「ちー」と垂らせば缶成だ。ツナの原料はマグロかカツオで、そのうまみはダシのようなもの。そこにかつお節のダシまで加わるんだから、うま味のダブルパンチであります。

パルト小石師匠は、下北沢で一緒にイベントをやったことがきっかけで知り合いになった。

この人は本当に優しい人だった。

当時はイベントがどんどん増えていた時期で、どんなトークをすればウケるのか、考え始

めた頃だった。

でも、自分は芸人じゃない。缶詰の素晴らしさを伝えるのが仕事だ。

でもでも、ウケれば嬉しいし、面白い話のほうがお客さんだって聞いてくれるはず……。

そんなモヤモヤした思いを抱えていた。

楽屋で一緒になった小石師匠は、本番前に、しきりにブツブツ呟いていた。

見れば、メモを片手に、これから始まるトークの出だしを吟味していたのだ。

これほど有名な人でも、本番前は地味な練習をするのだと、ひどく感心した。

そこで思わず、自分のモヤモヤした思いを話すと、小石師匠はポツリとひと言。

「ぼくらの仕事は、お客さんを楽しませることだよ」

ああ、そうなのだ。自分のことではなく、お客さんのために悩むべきであった。

その言葉は胸の底にストンと収まり、未だに輝き続けている。

２０１１年の東日本大震災のあとには、福島と宮城へのツアーにご一緒していただいた。ぼくが缶詰料理を作りながら、その横で小石師匠が手品をするという、ハチャメチャなショーをやった（打ち合わせはほぼゼロ）。それが意外とウケた。

そんな小石師匠が気に入っていた缶詰は、福井缶詰の〈鯖水煮〉だ。

脂が乗ったノルウェーサバを使っているので、身がジューシーなことこの上ない。

「こんなウマいサバ缶は初めて食べた」とおっしゃってました。

カツの奥深い世界と、ハムカツ道を極めたハムカツ太郎さん

カツは間違いなくごちそうであります。

「今夜はカツよ」

と聞けば、思わず「やった！」と声が出る。

豚カツ、牛カツ、チキンカツにメンチカツ……。

どれも魅力的だけど、カツと聞いてまず思い浮かぶのは豚カツである。

豚カツはマルチプレーヤーで、その名と姿を変えていろんな場所に出没している。

もっとも基本形の豚カツは、ロースやヒレの揚げたてをざくっと切って、シャキシャキの千切りキャベツと一緒に盛りつけたやつだ。

それをサンドイッチ用のパンに挟んでソースで味付けすれば、カツサンドに変身する。

あらかじめカットした豚肉を、玉ネギと一緒に串刺しにして揚げれば串カツになる。

この場合、豚肉のカットは大きければ大きいほどよろしい。食べにくいけど。

その同じ串カツが、大阪に行くとサイズがぐっと小さくなる。シャバシャバのソースに浸して食べるという作法だから、きっと小さいほうが扱いやすいのだろう。

豚カツをごはんと一緒に丼に収めればカツ丼だ。

ぼくは長いこと、豚カツを柔らかく煮て卵でとじたものがカツ丼だと思っていた。でも、岩手や福島、山梨、福井などの一部には、揚げた豚カツをそのままごはんに乗せるカツ丼があって驚いた。

上から掛けるのはソースだったり、醤油だったり、味噌ダレだったりとさまざま。かと思えば、豚カツを一度ソースにくぐらせ、しっとり汁だくにして乗せたバージョンもあった。

どれもみな、元は豚カツなのである。まさに百〝カツ〟繚乱であります。

ちなみに、ぼくが家で豚カツを食べるときには、必ず沖縄の〈コーレーグース〉を掛けている。島唐辛子を泡盛に漬けこんで作る、あの辛〜い調味料だ。

ほんの少量を垂らすだけでもビリビリと辛いが、泡盛を使っているおかげで爽やかさがある。それがこってりした豚カツによく合う。

この食べ方は、東京・新橋にある沖縄料理店〈はいさい〉で教えてもらった。チャンプルーや沖縄そばといった料理も美味しいけど、豚カツもかなりウマい店である。切り口から見える豚肉は美しいロゼ色で、火が通り過ぎていないからしっとり柔らかい。先代の店主が沖縄のご出身で、はいさいを開く前に東京・目黒の有名な豚カツ店で修行したそうだ。さもありなん。

今は代が替わって、東京出身の弟子が店を継いでいる。豚カツのウマさもしっかり引き継いでおりますぞ。

カツといえば、鯨肉を使った鯨カツも忘れちゃいけない。家畜の肉では味わえない、濃厚なうま味と香りがたまらないのだ。

東京・世田谷の経堂にある居酒屋〈らかん茶屋〉では、鯨の水揚港がある宮城県の石巻から直接、最上等の鯨肉を取り寄せている。

鯨特有の臭みがまったくなくて、噛めばひたひたと赤身肉のうま味が湧き出てくる。

鯨カツはもちろんあるし、竜田揚げもある。

らかん茶屋の近くにある小体な居酒屋〈魚ケン〉も、石巻直送の鮮度抜群の鯨肉が食べられる。いろんな部位を合わせた刺身の盛り合わせや、赤身のユッケなんてメニューもある。

店主の白井さんは、ぼくと同じ福島県の出身だ。なので福島の清酒が揃っているのも嬉しい。

ところで、鯨カツの読み方は個人的に「ゲイカツ」としたい。

「クジラカツ」でも悪くないけど、ゲイカツのほうが音の響きがいい。力強さもある。

実際、鯨の肉には〈バレニン〉という力の源が含まれてるそうだ。

鯨はエサをほとんど取らず、しかも眠らないままで数千キロという距離を泳いでいる。それはバレニンというアミノ酸を持っているおかげなのだ。

ぜひあやかりたいものであります。

さて、カツ一族の中でも最下層に位置するのは何か？

それはハムカツであります。

精肉ではなく、ハムやソーセージといった代用肉を使う。それも、うんと薄く切ったものを使う。だからお安い。だから最下層。

お値段的には最下層だが、侮ってはいけない。衣の美味しさを味わえるという点で、ほかのカツ族を遙かに凌駕するのだ。

カツの衣は、基本的に薄力粉、溶き卵、パン粉の3層からなる。それが油で揚げられると、互いに融合して、外側カリカリ内側ネットトリという独特の食感を生み出す。

カツの美味しさの半分くらいは、この衣が担っているのではないか。

そしてハムカツは、中身が薄いゆえに、衣の味がひときわ際立っている。

衣のほうが主役なのである（筆者の個人的な見解です）。

そんなハムカツの魅力に取り憑かれ、残りの生涯をハムカツに捧げようという男がいる。

その名も原匡仁《はらただひと》。別名を〈ハムカツ太郎〉といい、さまざまなイベントを通してハムカツの啓蒙活動を行っている。

まあ、ぶっちゃけハムカツが大好きな変態さんであります。

かつてアパレル企業に勤めていた原さんは、オフの時間には昭和の雰囲気が漂う喫茶店や居酒屋を巡るのが趣味だった。

その話を聞いた知人が、同じ価値観を持つ人を集めて定期的な会合を開くことを提案。やがて開催されたのが〈みなとみらい昭和文化研究部〉という会だった。

その会で最初に決まった活動方針が、「ハムカツを作ってビールを飲む」ということ。

ハムカツは昭和感があるし、作るのが簡単だからと決めたらしい。

ところが原さんは真面目な人で、どうせ作るなら本格的にやりたいと、都内の食堂などを巡って素材や作り方などを教わるようになる。そこから〈ハムカツ道〉とも言える探求が始まったのだ。

その活動は少しずつ話題になり、やがてグルメ雑誌〈ｄａｎｃｙｕ〉に登場したり、２０１８年にはＴＢＳテレビ〈マツコの知らない世界〉に出演したりして、ついにメディアデビューを果たしてしまったのだからすごい！

そんな原さんに、ぼくから一度、依頼をしたことがある。

〈ポークランチョンミート〉でハムカツを作ったらどうなるか、試してもらったのだ。

ポークランチョンミート（通称ポーク）は、豚肉を細挽きにして、味付けして、でん粉で固めた缶詰だ。

アメリカ産の〈スパム〉がもっとも有名で、今ではスーパーやコンビニでも売っている。ほかにもデンマーク産の〈チューリップ〉、国産ポークである沖縄産〈わしたポーク〉などがある。同じポークでも、それぞれ素材や製法に違いがあって面白い。

共通するのは、ボロニアソーセージのような食感であります。

それをスライスし、衣を付けて揚げれば、きっと美味しいハムカツになるに違いない。そう推測して、原さんに頼んだのである。

結果は大成功だった。

しかも、原さんはぼくの期待の斜め上を行った。

ポークを分厚くスライスして使ったのだ。

熱々の油をくぐったポークは、特徴である塩気と匂い（やや豚臭い）が和らぎ、うっとりするような美味しさに変わっていた。薄くスライスしたほうがウマいと思っていたぼくには、目からうろこの出来事だった。

このポーク・ハムカツは、都内で行ったあるイベントで、一度だけ提供されたことがある。会場に集まったお客さんは「ウマいウマい」と、次々とお替わりをし、とうとう材料がなくなってしまった。

その様子を眺める原さんは、実にいい表情をしておりました。

サバジェンヌと生サバと正露丸の話

静岡の沼津では、新鮮なサバは生で食べるという。

生！

……てことは、加熱も冷凍もしていないサバということになる。

……てことは、生のママでさばいた、本当の生のサバということになる（当たり前だ）。

九州でサバの生食文化があるということは聞いていた。

でも沼津といったら、東京のすぐご近所だ。そんな地域でも生で食べているとは。

東日本の人間にとって、生サバは恐怖の対象でしかない。ほぼ間違いなく寄生虫・アニサキスがいるからだ。

アニちゃんの恐ろしさについて、漁業関係者たちはまことしやかに語る。

「まるでキリで刺されたような激痛」

「胃カメラを飲んで取ってもらうのが一番いい」

「正露丸が効くらしいよ」

最後のひと言は説明が必要だが、それは後で書くことにして……。

沼津のサバ生食文化を教えてくれたのは、食文化ジャーナリスト・薬膳アテンダントの池田陽子さんだ。

この人は世間で〈サバジェンヌ〉と呼ばれているほどのサバ好きで、美味しいサバを求めていつも各地の漁港を飛び回っている。

ご著書のタイトルも『サバが好き』（山と渓谷社）と、ド直球。嬉しいことに缶詰もお好きで、『缶詰ｄｅゆる薬膳』（宝島社）という薬膳レシピ本も出版されている。

そのサバ愛は海のように広く、同好の士を集めた〈全日本さば連合会〉という会も運営している。一般の人だけでなく、水産関係者も参加している本格的な会なのだ。

一度、その全日本さば連合会（全さば連）のイベントに参加したことがある。

会員とゲストが数十人も集まって、トークショーを聞きつつ、サバ缶を食べて酒を呑むという会だ。

会場には長机をつなげた巨大な「ロ」の字のカウンターが設置され、その上にはさまざまなメーカーのサバ缶が揃い踏み。

壁際の机には酒類も各種揃っており、清酒からビール、焼酎、はてはテキーラまであって、全さば連に酒好きが多いことがひと目で分かった。

ぼくはそのとき短めのトークショーをやり、終わってから来場者と一緒にサバ缶を食べまくった。

面白かったのは、同じサバ缶を食べても、人によって評価がまったく変わること。

たとえば、サバ缶の銘品と誉れ高い木の屋石巻水産の〈金華さば味噌煮〉を食べると
「みそ味がちょっと甘すぎかな」

という人がいれば
「ちょうどいい甘さ。心がほっこりする」

という人もいる。

味の好みは千差万別というけれど、そこまで真逆の感想が聞けるとは思わなかった。

ちなみに申せば……。

金華さば味噌煮缶は、宮城県石巻漁港のブランドサバ〈金華さば〉を使っている。サバが水揚げされたその日のうちに製造するから（つまり冷凍原料は使わない）、臭みがなく、サバ本来の味が濃い。ぼくも大ファンであります。

大好きなサバ缶を肴に、ひたすら酒を呑む。

「何これ、最高か！」などと叫んでいるうちにだいぶ酔った。

間もなくイベント終了という時間になって、池田さんがやおら四合瓶を取り上げ、燗をつけはじめた。

「博士、もっと呑みますよね？」と池田さん。

「う、うん」とぼく。清酒は好きだが、美味しくていつも飲みすぎるから用心している。

やがて熱くなった清酒を、池田さんはぐい飲みに注ぎ入れ、さらにサバ水煮缶の缶汁を「ちょろっ」と垂らした。

「おっ！！」

ぼくはピンと来た。サバ缶の缶汁には、サバのうま味がたっぷり溶け込んでいる。つまりはダシ汁だ。

それを清酒に加えるということは、例えて申せばイワナの骨酒、フグのひれ酒のようなもの。清酒の全域にサバのうま味が行きわたり、わずかな塩気も加わって、まるでスープのようだ。

これはヤバい。

「この酒、何ていう名前？」とぼく。

「えと、サバ燗です」と池田さん。

サバ缶を使った燗酒、だからサバ燗。バカすぎる！

ゲラゲラ笑いつつ、あまりにも美味しいので二度お替わりをした。すると喉が渇いたのでビールも呑んだ。当時ぼくは40代。人生でもっとも酒を呑んでいた頃で、チェーサーは水ではなくビールだった。

最後は酩酊し、ワケのわからぬ状態になったが、翌朝はちゃんと家で目覚めた。エライぞ自分！

そんな不埒なイベントであったが、そのときに池田さんから、沼津でサバを生食しているという話を聞いたのだ。

あれから10年近く経ち、ぼくもいろんな土地で生のサバを食べた。

サバを生食している地域は、大まかにいうと西日本の一部と九州で、主に日本海で獲れたマサバを食べている（例外もあり）。

物の本によると……。

九州近辺の日本海で獲れるサバは、太平洋で獲れるサバと、寄生しているアニサキスの種類が違うらしい。太平洋のサバは、たとえ釣ったばかりでも身にアニちゃんが潜んでいることがある。だから生食は危険であります。

それに対して、九州近辺の日本海で獲れるサバは、アニちゃんは基本的に内臓にいる。ゆえに、新鮮なうちに内臓を取り除けば大丈夫だ。

それでも食中毒が心配だったら、どーするか？

食べたらすぐに正露丸を飲むことをオススメしたい。
高知大学理工学部の松岡達臣教授らの研究によると、正露丸の通常の服用量を溶かした液にアニちゃんを浸したところ、ほぼすべてのアニちゃんが活動を停止し、24時間後にはお亡くなりになったそうだ（2021年発表）。

正露丸を製造している大幸薬品は、それよりも前の2014年に特許を取っている。正露丸の主成分の木クレオソート（ブナやマツなどから得る）に、アニちゃんの活動を抑える効果があるという内容だ。エライぞ正露丸！

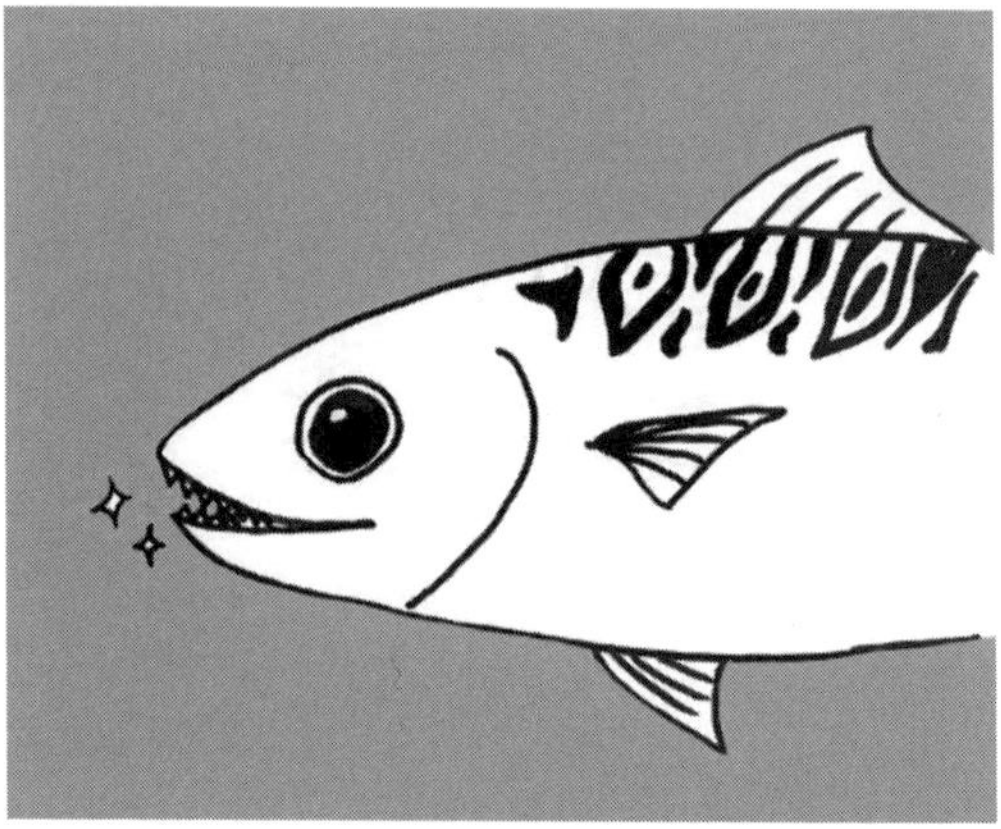

サバを生食する地域は、じつは太平洋側にも点在している。たとえば神奈川の三浦半島沖で獲れる松輪サバも、生食できるマサバとして知られている。池田さんが言っていた沼津もそうだし、他にもあるらしい。
いつか行かねばならぬ。正露丸と供に。

いい人といい缶詰。コメディライター・須田泰成さんの話　その１

いい人って、いますよね。

その人の話になると、みんなこぞって
「あの人はいい人だなァ」

と賞賛する。

そういう人は、少々の欠点があっても、それを補っておつりが来るくらい、良い点のほうが多い。

缶詰にも、同じようにいい缶詰というのがある。

本当のことである。

話が強引に進んでいると思うかもしれないけど、そんなことは気にしてはいけない。

いい人と、いい缶詰の話なのだ。つまりは全体がいい話なのだから、進行に多少の欠点があっても許してほしい。

で、いい缶詰とはどんな缶詰なのか？

それは、造っている人の真心が込められた缶詰であります。

基本的に申せば、どんな缶詰にも心が込められている。

全国のスーパーに並ぶような大量生産品でも、製造工程では
「異物が混入していないか？」

「缶が変形していないか？」

「密封は完璧か？」

など、人の目で確認するポイントがある。

どれもおざなりには出来ないポイントである。

なぜなら、缶詰はフタをして密封すると、中身が見えなくなる。もし何か不具合があっても、フタを開けるまで分からない。

だから目配り、気配りの心が必要なのだ。

その上で、さらに真心の込められた缶詰とは、何なのか？

それは、世のため人のためになるように開発された缶詰である。

ごく一例を申せば……。

・シーライフ〈今朝の浜〉

小骨が多い、サイズが小さいなどの理由で売れ残りがちな魚を使った缶詰。魚を水揚げしたその日に缶詰にするから鮮度は抜群！　魚が無駄にならず、水産業者の収入源にもなって、いいこと尽くし。

・黒潮町缶詰製作所の缶詰（全種）

すべての缶詰が七大アレルゲン（卵・乳・小麦・そば・落花生・えび・かに）を使わずに造られている。災害時に避難所などで配布された際、アレルギー体質の人でも安心できるようにという配慮からだ。

ちなみに、黒潮町は高知県にある太平洋沿いの町で、南海トラフ巨大地震が起こったら、日本で最も高い津波（34・4メートル）が来る町とされている。災害時に役立つ缶詰を製造し、また雇用も生み出すため、黒潮町缶詰製作所が設立された。

・AKR Food Company の黒豚缶詰（全種）

鹿児島県の黒豚の生産者が開発した缶詰。市場に流通しにくい希少部位（軟骨やモツ）をグルメ缶詰に仕立てている。愛情を込めて育てた黒豚ちゃんを、余さず食べてほしいという願いが込められている。
・清水食品の缶詰（全種）
カリウムとリンの含有量が必ず表示してある。腎臓病の人はカリウムとリンの摂取を控えないといけないから、じつは大切な情報なのだ。他社はほとんど表示していない。

他にもいい缶詰はたくさんあるけど、ここでは書き切れないのでご缶弁（勘弁）いただくとして……。

いい缶詰の背景には、必ずいい話が存在する。

そんな話に共感し、

「日本の缶詰文化は素晴らしい。もっと多くの人に知ってほしい」

と立ち上がった人がいる。

コメディライターの須田泰成さんであります。

世界的に有名な英国のコメディ番組、モンティ・パイソンの公式解説本『モンティ・パイソン大全』（洋泉社）を初めて書いたのが須田さんだ。テレビやラジオ、WEB番組のプロデューサーも行っていて、ぼくが出演する番組を担当してくれることも多い。

この須田さんが、じつにいい人なのであります。

ひと言で申せば、利他の人。

自分のことは滅多に話さず、いつも他者を気遣っている。

ユーモアに満ちており、相手を愉快な気持ちにするのが上手い。

そんな須田さんと出会ったのは、２０１０年の春だった。

サバ缶で町おこし！　コメディライター須田泰成さんの話　その2

知人から
「世田谷の経堂に、サバ缶で町おこしをしている人がいる」

と教えられたのが、須田さんと会うきっかけだった。

「えっ？　サバ缶？　町おこし？」

ぼくの頭の中は「?」でいっぱいになった。

東京都世田谷区経堂。小田急線の経堂駅があり、近くに東京農大があるから学生の町としても知られている。

大阪出身の須田さんは、植草甚一（文筆家、ジャズ・映画評論家）に感化され、彼が住んでいた経堂の町に、20歳になって住みはじめたという。

２０１０年春に初めて会ったときには、須田さんは2店舗のイベントスペースを経営していた。

ひとつは経堂駅北口にある〈さばのゆ〉で、もうひとつは同じ小田急線の下北沢駅から徒歩7分のところにある〈スローコメディファクトリー〉だ（２０１２年に閉店）。

どちらの店も、落語やスタンダップコメディ、朗読会などのいろんなイベントを行っていた。イベントのない日は、喫茶店あるいは居酒屋である。

初めて須田さんを訪ねたのはスローコメディファクトリーで、何かのイベントをやっていたので、話はまったく出来なかった。

後日、サバ缶で町おこしをしている様子を取材したいと、あらためて須田さんに連絡を取った。すると彼は

「経堂にサバ缶を使ったアレンジ料理を出す店が10軒以上あります。ご案内しますので、そこで酒でも呑みながら話をしませんか」

と、嬉しい提案をしてきた。

一眼レフのカメラを下げて、経堂駅に到着したのは夜7時を過ぎた頃だった。

駅から吐き出される人々に交じり、須田さんは慣れた足取りで商店街を進んでいく。

最初に案内されたのは〈ガラムマサラ〉というインド料理店だった。

カレー各種にタンドリーチキン、ナンなど本格的な料理が揃っている中で、なぜかサバ缶を使ったおつまみ〈サバカン〉が断トツの人気を誇るという。

サバカンは、サバ水煮缶（1缶）にオクラやパクチーなどを合わせ、スパイシーに炒めて、再び缶に収めて提供される。

これが、誠にウマかった。パクチー嫌いのぼくでも美味しいと思ったくらいだ。

それをつまみにビールを呑みつつ、須田さんから話を聞いた。

須田さんは、２０００年から〈経堂系ドットコム〉というウェブサイトを運営していて、経堂エリアにある個人店をボランティアで応援していたという。１９９７年の消費税の増税以降、経堂の飲食店も客の減少に悩まされていたのだ。

サバ缶による町おこしを始めたのは２００７年のことで、きっかけはひょんなことだった。

飲食店のオーナーたちと仲良くなっていた彼は、営業の終わった後で呑み会をすることがよくあった。

サバ缶ネギバター

その日は〈バンチキロウ〉という居酒屋が集合場所だった。バンキチロウの亭主の中村哲さんが「こんなものはどう?」と、つまみに出したのがサバ缶料理だった。サバ水煮缶のフタを開け、刻んだ長ネギをどっさり乗せて、しょう油を掛け回し、バター1片を乗せる。

それをアルミホイルで包むようにして下から直火で炙るという、とても素朴な料理だ。料理名は〈サバ缶ネギバター〉という。

「食べてみたら驚くほどウマい。サバ缶だから原価も安い。すぐにそれぞれの店でメニュー化しようという話になった」（須田さん）

冒頭の〈ガラムマサラ〉のほか、焼きとん〈きはち〉、ラーメン〈まことや〉、肉バー〈EL SOL〉（現 EL SOL DINER）、ファッション雑貨&アジアンバー〈アクセル・イン〉など、それぞれが個性を生かしたサバ缶料理を提供しはじめた。

その様子をブログなどで発信したのが須田さんである。その結果、経堂は「サバ缶の町」として、様々なメディアで取り上げられるようになった。

驚くべきは、その影響力だ。

須田さんの発信のおかげで、経堂という町だけでなく、サバ缶自体も注目されるようになった。

取材から2年経った頃には、ある大手居酒屋チェーン店が、メニューにサバ缶を取り入れた。刻んだネギとバターを乗せて、七輪の火で炙るというバンチキロウとほぼ同じ方式である。

そのネタ元だったバンチキロウは、移転のために惜しくも２０１３年に閉店しているが、ともあれ……。

そんな面白いことを手掛ける須田さんを、ぼくは気に入ってしまった。

パルト小石さんや春風亭昇太さんと知り合いになれたのは、須田さんが彼らと親しかったからだ。一方の須田さんは、ぼくを通して多くの缶詰メーカーと知り合い、直接やりとりをするようになった。経堂の飲食店で使うサバ缶も、今では彼が缶詰メーカーから直接、仕入れている。

これも驚くべきことである。一般的に、缶詰メーカーは問屋を通さないと商品を卸してくれない。彼がどれほどメーカーから信頼されているかが分かるではないか。

須田さんの行動原理は、頑張っている人を応援すること。それでいて、自分が前に出ることはほとんどない。利他の人たる所以であります。

おまけ

缶詰の直火問題

経堂の町で生まれた〈サバ缶ネギバター〉は、フタを開けた缶詰を直火で炙って調理する。

この調理法、缶詰業界的にはＮＧであります。現代の缶詰は、内側をフィルムや塗料でコーティングしており（食品が金属面に触れないように）、それが直火の熱で溶け出る恐れがあるのだ。

でも、缶詰を直火に掛けるシーンはわりと見かける。キャンプでやる人もいるし、オイルサーディンを炙って出すバーもある。それは良いのか、悪いのか？

まっ、グレーゾーンだと思う。もし塗料やコーティングが溶け出したとしても、そんな缶詰を毎日何十缶も食べ、それを数十年間も続けていたら、健康に影響が出るかもしれない。でも、たまに食べるくらいなら

「まあ、いいんじゃないの。知らんけど」

と、ぼくは思っております。

第3章

海の向こうの缶詰事情

～ポルトガルにスペイン、フランス。みんな缶詰好きだった

ポルトガルでもっともウマい缶詰はバカリャウである

ぼくは昔から、ポルトガルという国に特別な思い入れがあった。

大好きなスパイ小説『白い国籍のスパイ』（J・M・ジンメル著、祥伝社）で、主人公が活躍する舞台のひとつがポルトガルなのだ。

小説で描かれているのは、第二次世界大戦の初期という時代である。だから今の時代では見られない光景も描かれていて、それがちょいと哀愁を帯びている。それが楽しみで、20代の頃に何度も読み返したものだ。

いつか、ポルトガルに行ってみたい。小説に出ていた土地を、自分の足で歩いてみたい。そう思っているうちに、歳月はズンズン過ぎていき、ぼくは中年になり、缶詰博士になってしまった。

毎日、缶詰のことばかり考えるようになったので、ポルトガルに対しても缶詰目線（そういう言葉を作りました）で見るようになった。

そんなぼくに、食品輸入業を営む友人・伊藤謙はこう言うのだ。

まずひとつ。彼の国は良質のオイルサーディン缶詰を造ることで有名である。

もうひとつ。首都リスボンには、缶詰を使った料理を出すレストランがある。

さらに、もうひとつ。リスボンには缶詰バーがたくさんある。

知らなかった。ポルトガルは缶詰大国だったのだ。

「缶詰博士なら、一度はポルトガルに行かないといけません！」

伊藤氏はそう言うのである。

是非もなし。行かせていただきます。

そうして、伊藤氏と共に旅立ったのが2018年の夏だった。

羽田から英国ヒースローを経由し、ポルトガルの首都リスボンへ。乗り継ぎ時間を含めると、19時間という長旅であった。

リスボン到着は深夜1時になった。ぼくはすでに疲労困憊。いや、缶詰の旅だから疲労缶憊と書くべきか。

だが、遠路はるばるやって来たのだ。夜の時間だって無駄には出来ぬ。

我々はテージョ川の河口近く、リベイラ市場の近くにある〈Sole e Pesca〉（ソル・エ・ペスカ）へ向かった。リスボンの缶詰バーで、もっとも有名な店だという。

深閑とした通りを歩いていくと、ふいに人々の喧噪が聞こえてきた。ある橋の下の通りが明るく灯っており、そこに欧米人の若者がごちゃーっと群れている。そこが目当てのソル・エ・ペスカだった。

「うわー。こんなに混んでるの？」

とぼく。深夜1時のおじさんには眩しすぎる光景だ。

「店の中は空いてますよ。入りましょう」

と伊藤氏。彼はぼくよりも6歳下だから、まだしゃんとしている。もとより、常に世界中を駆け回っている輸入業者なのだ。バイタリティーの塊のような男である。

人混みの中をかき分けていくと、店内にはたしかに空いたテーブル席があった。やれやれと椅子に座り、ビールをオーダーする。

店の中は、ものすごく暗かった。メニューを見るのにもひと苦労である。

しかし目が慣れてくると、面白いものが次々と目に入ってきた。まず、壁の一面が長大なガラス棚になっていて、中には缶詰がぎっしりと入っていた。どれも鮮やかな包装紙に包まれた、愛らしいポルトガル製の缶詰だ。

棚の上には、釣り竿や漁網、帆船の模型などが並び、いかにも漁師町らしいしつらえだった。そういえば店名のソル・エ・ペスカは、日本語にすると「太陽と釣り」という意味である。

ここの食事は缶詰が主役で、パスタやサラダがあっても、具にはムール貝やイカなどの缶詰が使われている。我々は食事はせず、缶詰だけを2種類オーダーした。干しダラのパテ缶と、タラのオイル漬け缶である。どちらも皿に盛りつけられ、上に香草や刻んだニンニクがまぶしてある。

この2缶が、文句なしにウマかった。

とくに干しダラのパテ缶だ。塩味が薄く、繊維質の身を噛んでいると、干し魚特有のうまみがジワジワとにじみ出てくる。すかさず白ワインをオーダーして、2杯呑みきった。

翌日はリスボン市内を歩き回った。缶詰の専門店を2軒見つけたが、そのうちの1軒は缶詰メーカーの直営で、もう1軒はポルトガル缶詰協会の運営だという。

どちらも外国人観光客で大賑わいだった。つまり、缶詰が観光資源として役立っているわけだ。日本も見習ったほうがいいぞ！

翌日は、ポルトワインの生産地で知られるポルトへ

干しダラのパテ缶

移動した。ポルト近郊に、現存する世界最古の缶詰メーカー〈Ramirez〉（ラミレス）があるのだ。伊藤氏は三幸貿易という会社を経営しており、ラミレスから缶詰を輸入している。そのツテを使わせてもらい、ラミレス本社と工場内を取材させてもらった。

昼には社員食堂に行き、同社の魚介缶詰を5種類と大盛りライス、ビールでランチを摂った。ポルトガル人の開発担当者3人と、ワイワイガヤガヤ、缶詰から食文化、スポーツの話まで、いろんな話をして面白かった。伊藤氏が通訳してくれたおかげであります。

そんなこんなの、ポルトガル。

同国の缶詰は、パッケージが紙包装のものが多い。その包装紙のデザインがとても愛らしくて、今ではポルトガル土産の筆頭候補になっている。

定番の缶詰はオイルサーディンだけど、ぼくのオススメは断然、干しダラのパテである。現地ではタラのことをバカリャウと呼ぶので、缶詰にはだいたい「PATE DE BACALHAU」（パテ・ド・バカリャウ）などと書いてある。チャンスがあったら、ぜひ食べてほしい！

世界遺産の近くで見つけた羊肉の缶詰と、インド人街で解決したほうれん草の缶詰の謎

フランスとイギリス。どちらも、缶詰を語る上ではスルーできない国であります。

フランスは、缶詰のもとになった瓶詰が発明された国（1804年）。

イギリスは、フランスから瓶詰の仕組みを受け継いだのち
「瓶は重いし、割れやすい。もっといい容器を考えよう」

と、金属の缶を発明した国だ（1810年）。

ちなみに、その頃の日本は江戸時代の終盤である。外国の船が盛んにやって来ては、貿易を迫っていた頃だ。

そののち明治維新が起こり、1874年（明治4年）になって、日本で初めての缶詰が誕生するんだけど、それは脇に置いといて……。

缶詰の発明に関わったフランスとイギリスの、現代の缶詰事情はどーなっているのか？

結論から申し上げると、今でも缶詰が愛されております。日本よりもずっと。

フランスでは、パリ市内にある大型スーパー〈モノプリ〉の缶詰売り場を視察した。野菜にフルーツ、肉、魚介、スープなど種別ごとに棚が設けられ、それぞれの棚は6段あって、缶詰と瓶詰でぎっしり埋まっている。

野菜の棚だけでも、幅が4メートル近くあるのだ。すごいではないか。

グリーンアスパラにホワイトアスパラ、ベビーコーンなどを水煮にした素材の缶詰があるし、ラタトゥイユやサラダなど、一品料理になった缶詰もある。

隣の通路には魚介缶の棚があり、そこでは思いがけないものを発見した。

サバ缶であります。

「おーっ、パリにもサバ缶があるぞ！」

数種類のブランドがあって、どれも缶が筆箱のように細長い。ちなみに、サバはフランス語で「Maquereau」（マクロウ）という。

そこで買ったサバ缶は、〈レモン風味のマスタードソース漬け〉と〈アニス（スパイスの一種）入りホワイトソース漬け〉、〈香味野菜たっぷりトマトソース漬け〉の3種だった。

帰国後に開けてみると、サバは3枚におろされ、さらにタテ半分にカットされて収まっていた。骨、皮、血合いが取り除かれているから、日本のサバ缶とまったく違う。

ソースは３種とも文句なくウマかった。さすがソース文化の発達したフランスである。

そのかわり、サバらしい風味はまったくしなかった。サバがソースに負けているのだ。これならサバだろうがクジラだろうが、みんな同じ味になるんじゃないかと思う（クジラは魚じゃないけど）。

フランスは肉の缶詰も充実している。

エナフという大手メーカーの〈豚のパテ〉や〈田舎風パテ〉などは、パリ市内の食品店ならだいたい置いてある。臭みがなくて、とても美味しい。日本でも一部のスーパーや輸入食品店で買えますぞ。

フランスでは、パリを離れて世界遺産のモン・サン＝ミシェルにも行ってみた。ノルマンディー地方のサン・マロ湾に浮かぶ小島で、島のほとんどがゴシック様式の教会で占められている、有名な観光地であります。

島の観光も素晴らしかったが、島に渡る手前の陸地側もよかった。青々と茂った牧草地が広がり、羊がたくさん放牧されていたのだ。

そこの牧草は、海風のおかげでミネラルを含み、それを食べて育った羊の味は絶品だという。で、その羊肉を使った缶詰が、ちゃんと近くのスーパーで売られていた。素晴らしい！

羊肉らしい匂いがあり、それでいて臭みはなく、なかなか美味。この缶詰はパリ市内では見かけなかったから、モン・サン＝ミシェル付近のご当地缶詰ということになる。

さて、もう一方のイギリスの缶詰事情はどうか？

イギリスの缶詰でもっとも有名なのはベイクドビーンズである。

ベイクド（焼いた）ビーンズ（豆）といっても、実際はトマトソースで煮た煮豆缶だ。トマトソースに砂糖、塩、香辛料などが加えてあってちょっと甘い。

ぼくは長い間、ベイクドビーンズの食べ方が分からなかった。

いや、美味しさが分からなかった。

ぼんやりと甘く、かといってスイーツのように甘くはない。塩気は少なく、スパイス類の刺激もほとんどない。ただただ、ぼーっとしている。

そんな缶詰を、イギリス人はどーやって食べているのか？

朝、トーストに塗って食べているのだ。

バターをたっぷり塗ったトーストに、ベイクドビーンズをどばっと塗り広げれば出来上が

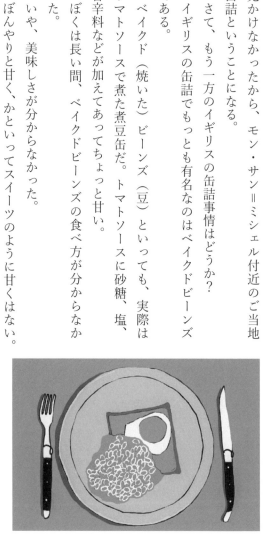

り。このやり方で自宅でも食べるし、カフェやレストランの朝食メニューでも出てくる。店では目玉焼きを乗せたり、ソーセージを添えて出すところも多い。

カリカリのトーストに、次第にトマトソースが沁みこんで、固さと柔らかさが混ざった固焼きそば風の食感になる。ぼーっとした味も、刺激がないから飽きずに食べられる。

頑迷さを好むイギリス人には、この朝食を３６５日、欠かさず食べる人も少なくないという。何となく分かるなァ。

それともうひとつ、イギリスでは大発見があった。

ほうれん草の缶詰の食べ方が初めて分かったのだ。

幼い頃に観ていたアニメ番組〈ポパイ〉に、毎回出てきたのがほうれん草の缶詰。ポパイは缶から直に食べていたけど、中身は水で煮ただけのほうれん草だから、そのまま食べても美味しくない。

クタクタに煮てあるから、お浸しにしても食感が悪い。キッシュとかケーキに使えばいいのだろうか？　それは作るのが面倒だなァ……。

そうして謎のママ放置していたほうれん草の缶詰。それがロンドンにあるインド人街の食品店に行くと、必ず並んでいるのだ。多くのスパイスやハーブと一緒に。

それでやっと理解した。そうだ、ほうれん草のカレーに使えばいいのだ！

ほうれん草のカレーを作るには、ほうれん草を煮て、冷水で粗熱を取ってから、ミキサーですり潰さないといけない。

その煮る手間が、缶詰を使えば省けるわけ。クタクタに煮てあるのも、すり潰すことを考えれば問題ないのだ。

現地に行かないと分からないことって、ありますねェ。

不味くてウマい〝不味ウマ缶〟の代表はスパゲッティ缶詰である

アメリカもまた缶詰大国であります。

ポップアートの巨匠、アンディ・ウォーホルが描いて有名になったスープの缶詰の絵は、アメリカの食品大手、キャンベル・スープカンパニーの缶詰がモデルだ。

ポークランチョンミート缶の〈スパム〉もアメリカのホーメルフーズ社だし、フルーツ缶で知られるドール社や、ホワイトソース缶のハインツ社もアメリカ。

コンビーフ缶を発明したのも、アメリカのシカゴにあるリビーという会社が最初であります（1875年発売）。

イギリスで缶詰が発明されたのが1810年で、その技術がアメリカに伝わったのが1821年と言われている。イギリスとの差はたったの11年。アメリカの缶詰文化も、十分に歴史が古いわけだ。

……と、ここまでは教科書的な話。

ぼくにとって、アメリカの缶詰といったらスパゲッティ缶とサンドイッチ缶である。

どちらも味は美味しくない。しかし食べ続けていると、いつの間にか

「うん。これはこれで悪くないかも」

と、なぜか評価が変わっていく。最初は不味《まず》くて後でウマい。そういう妙な魅力を持った缶詰を、ぼくは〝不味ウマ缶〟と呼んでいる。

不味ウマ缶の代表はスパゲッティの缶詰である。

念のため確認するけど、スパゲッティ・ソースの缶詰ではない。茹でたスパゲッティが、トマトソースに浸か

った状態で缶詰になっているのだ。

ぜひ想像していただきたい、その中身を。スパゲッティはトマトソースを吸収し、ぶよぶよになっている。歯応えはもちろんゼロであろう。柔らかーく煮たうどんのような感じ？

初めて現物を手にしたとき
「本当にそんな中身だったら、イヤだなー」

と思いつつ開けた。そうしたら、本当にそんな中身だった。

フォークで持ち上げると、スパゲッティはブチブチ切れる。口に入れるとネチャッとした舌触りで、予想通り歯応えゼロ。歯茎でも簡単に潰せる。

味付けがまた独特で、トマトソースなのに甘い。砂糖が入っているのだ。

酸味を和らげるために砂糖を入れたトマトソースもあるけど、それはいわゆる隠し味である。だが、スパゲッティ缶のトマトソースは砂糖がぜんぜん隠されていない。しっかり甘い。

そのスパゲッティ缶は、東京の東麻布にある〈日進ワールドデリカテッセン〉という輸入食品店で見つけた。各国の大使館員がよく来る店なので、世界中から輸入した食品が揃っている。その缶詰売り場に並んでいたのだ。

しかし、買った1年後には売り場から姿を消してしまった。人気がなかったのだろう。

そのときふと、思ったのだ。こんな缶詰を、アメリカ人は本当に食べているのだろうか？どうしても知りたくなり、ニューヨークに行ってみた。

そしてスーパー、ドラッグストア、デパートなど、いくつもの店を調査して分かった。スパゲッティの缶詰は、わりあい普通に売っているのだ。デパートや高級店には置いてないけど、スーパーなら置いているところが多い。

ぼくは、レキシントンアベニューと96丁目の角にあるスーパー〈Associated（アソシエイテッド）〉で発見した。そこはセントラルパークの北側のアップタウンと呼ばれる地域で、通りをあと数本北に行けばハーレム（黒人が多く住む地域）という土地柄だ。

その店の缶詰売り場では、キャンベルのスパゲッティ缶がなんと3列で陳列されていた。3列！　かなり売れているのだ！

実際、ぼくが見ているときにも、黒人のオバチャンがやって来た。慣れた手つきでスパゲッティ缶を3缶、むんずとつかみ、買い物カゴに放り込んでいた。

サンドイッチの缶詰は、さらにユニークである。

正式な品名は〈Candwich（キャンドウィッチ）〉という。Can（缶）とサンドイッチを掛けたダジャレなのだ。アメリカ人もダジャレ好きなんですなァ。

缶詰仲間の友人Ｓ氏が送ってくれたもので、一見するとスナック菓子のチップスターみたいな紙製の筒状。上下がアルミ製で、上フタはイージーオープン式だ。

中に入っていたのは以下のものであった。

1. 透明フィルムに包まれたパン
2. ピーナッツバター（チューブ入り）
3. グレープゼリー（チューブ入り）
4. さくらんぼキャンディー
5. ナイフ（プラスチック製）
6. 脱酸素剤

サンドイッチが完成形で入っているわけじゃなく、

「自分でサンドしろ」

という商品だった。

ちなみにこの缶詰は、密封したあと加熱殺菌していないから、正確に言えば缶詰じゃなくて缶入り食品になる。

付属していたナイフでパンを半分に切り、断面にピーナツバターとグレープゼリーを塗って、食べてみた。

うん、不味い。

パンは油っこく、ピーナッツバターも植物油っぽくて、ピーナッツの香りが薄弱。グレープゼリーはまあまあイケる。

さくらんぼキャンディーはデザートだと思われる。包みの中ですっかり溶けており、はぎ取って食べると
「うっ」

思わず呻いてしまった。香りが人工的すぎる！

そこで再びサンドイッチを口にすると、はじめに感じたほど不味くない。

もうひと口食べると、明らかに美味しさが増してきた。

きっとぼくの脳みそが、この味を受け入れたのだ。最後まで残さずいただきました（さくらんぼキャンディーは残した）。

Candwich缶は今でも売られていて、中身がバージョンアップされている。パンがハンバーガーのバンズのような円形になり、原料が全粒粉になった。

公式サイトを見たら、謳い文句が並んでいた。

「サンドイッチの材料がぜんぶ入ってて便利！」

「新鮮さが長持ち！」

「軽くて運びやすい！」

「美味しい！」

「健康的！」

頷ける文句もあり、頷けない文句もある。いろいろと突っ込みながら楽しめますぞ。

ゆっくり歩くモルディブ人は人情と笑顔に満ちていた　その1

インド洋に浮かぶ真珠の首飾り。

26の環礁と、千を超える小さな島々。

紺碧の海と白い砂浜。波の音が聞こえるコテージ。

どれも、モルディブ共和国を紹介するときの定型文であります。

水上コテージが並ぶリゾート島は、確かに素晴らしい。でも、島民が普通に暮らす島は、もっと素晴らしい。

素朴なモルタル造りの家は、壁がピンクや黄色のパステルカラーに塗られて色鮮やか。白い砂地の道を子どもが走り回り、オバチャンは集まって魚の干物を作ったり、スパイスを干したりしながら世間話。屋台には鮮度抜群のココナッツが並んでいる。

ざあっとスコールが来て、みんな笑いながら軒先へ駆け込む。その数分後には風が吹いて雨雲が去り、空には大きな虹。

「モルディブには〝モルディブタイム〟が流れています」

と、伊藤氏は言う。

『ポルトガルでもっともウマい缶詰はバカリャウである』（Ｐ86）でも登場した、食品輸入会社の社長・伊藤謙である。

「何それ？」

とぼく。

「沖縄のウチナータイムと同じで、すべてがゆっくりしています」

「のんびりしてて、いいじゃないの」

「いいえ、それだけじゃないんです。遅刻は当たり前だし、仕事を頼んでも返事がなかなか来ない」

じつは伊藤氏は、モルディブ産のツナ缶を日本に輸入しようと奔走した時期がある（残念ながら実現しなかった)。その縁で、ぼくも同国のツナ缶の存在を知ったのだ。

で、いろんな経緯と出来事があったのち、モルディブにある水産会社のひとつ、フェリバル社を一緒に訪問することになった。もう十年前の、2013年のことであります。

フェリバル社は、キハダマグロやカツオなどの魚を輸出しているほか、自社でツナ缶を造って、主にヨーロッパに輸出している。

そのツナ缶はモルディブ国内でも売られていて、確か1缶100円ちょっとだった。それがイギリスやフランスでは、700円から千円近い価格で売られている(どちらも2013年当時の価格)。

輸入品は、関税や輸送費その他で金が掛かるから、元の価格よりずっと高くなる。でも、フェリバル社のツナ缶が高い理由はそれだけじゃない。

素晴らしい付加価値があるのだ。

使われる魚(キハダマグロかカツオ)は、すべて針と糸で釣ったもの。網で大量に捕獲する漁と違い、魚に掛かるストレスが少ないから味がいい。そもそもモルディブは、魚資源を守るために網を使った商業漁業を禁止している。

そんな、付加価値があるけど高価な缶詰が、イギリスやフランス、ドイツなどではちゃんと売れている。

ちなみに日本のツナ缶市場はどうかというと、まず求められるのは安さであります。魚がどうやって獲られたとか、環境対策がどうかなど、気にする消費者はごく一部しかいない。まっ、価格は安いほうが嬉しいけど、ちょいとさみしい話だなァ。

ともあれ、フェリバル社に日本の取材が入るのはおそらく初めてだという。何たる栄誉！　取材陣はたった２人だけど。

愛用のキヤノンＥＯＳ６Ｄと交換レンズ一式、それにムービーも撮りたいので、ソニーのハンディカムをレンタルしてトランクに詰め込んだ。スケジュールもばっちり決まって用意は万端、出発だ！

「でも、ですね」

と、スリランカ航空便の中で伊藤氏は言う。

「いくら予定を立てても、あっちにはモルディブタイムが流れている。予定通り進まないと考えたほうがいいです」

「うーん、大変そうだなァ」

とぼく。何があってもイライラしないように覚悟を決める。

ところが……。

予定は予定通り、進んでいくのだった。

現地で急にスケジュールが変更になることもあるが、理由を訊けば納得のゆく説明がされる。代替案もすでに決められていて支障なし。

フェリバル社の社員たちも、時間に厳格であった。

「13時にお昼ごはんを食べましょう。食堂の前に来てください」

そう聞いて時間通りに行ってみると、社員たちはすでに集まっている。こっちが遅刻することのほうが多かったくらいだ。

「ちゃんとしてるなー！」

とぼく。

「ですねえ。昔と変わったのかな」

と伊藤氏。彼は20年前にモルディブへ来たことがあり、その時にはいろいろとトラブルがあったらしい。

社員がちゃんとしているフェリバル社は、〈フェリバル〉という名の島にあった。大小さまざまな島

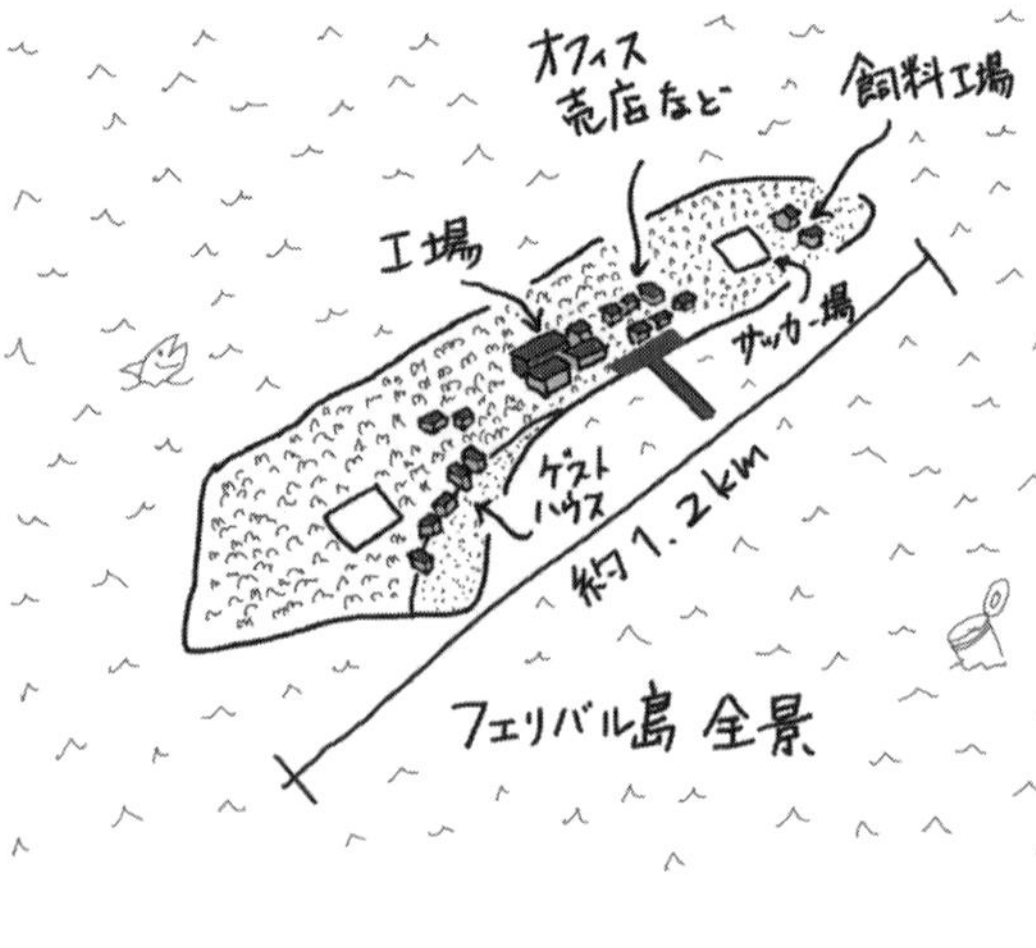

で構成されているのがモルディブ共和国だが、その島のひとつが丸ごと会社用なのだ。島にはオフィスと工場、売店、食堂、ゲスト用宿舎などが建てられていて、基本的には社員しかやって来ない。ぼくらはゲスト用宿舎に泊めてもらったが、広くて清潔な個室で、じつに居心地がよかった。

ゆっくり歩くモルディブ人は人情と笑顔に満ちていた　その2

モルディブ共和国と日本との距離は、約7千500キロメートルある。しかし〝心の距離〟はずっと近い。なぜなら、両国は人情で結ばれているからであります。

漁業と観光業が主な収入源のモルディブは、観光客が減少するだけでも経済に大打撃を受ける。そんなモルディブに、日本は昔からＯＤＡ（政府開発援助）を使って支援を行ってきた。

学校や病院を建てたり、産業育成のために人を派遣したりと、支援の形はさまざまだが、じつはフェリバル社が建てられたのもそのひとつ。日本企業が工場を建設し、水産加工に必要な設備を揃え、運営が軌道に乗ったのを確かめてから、モルディブ政府に売却したのであります。(その買い取り資金にもＯＤＡが使われた)。

それが今や、モルディブの経済を支える産業のひとつになっているわけだ。

マレ島を囲む防波堤にも、いい話がある。

首都のあるマレ島は、海抜が約１・５メートルしかなく、たびたび水害に悩まされてきた。１９８７年のサイクロン時には、高波が発生して首都機能が麻痺。浸水の被害は長期化して、伝染病も蔓延したという。

そこで日本政府は緊急事業として、その年から２００２年まで15年をかけて、マレ島全周を囲む護岸工事を行った。その結果、

「水平線が見えにくくなったよー」

というクレームも一部にあったそうだが、２００４年になるとスマトラ島沖地震がマレ島を襲った。

平均10メートル、最大34メートルという大津波がインド洋の島々を飲み込んだが、防波堤があったマレ島では、１人の死者も出さずに済んだという。

両国の人情話には、まだ続きがある。

２０１１年3月11日。日本で東日本大震災が起きたときのことだ。

いくら地震大国とはいえ、あの震災ほど凄まじいものはなかった。東北出身のぼくにも辛

いことがたくさん起こり、最愛の妹は津波で亡くなってしまった（ぼくが重度のシスコン～シスターコンプレックスなのはそのためかも）。

東日本大震災のニュースは、すぐにモルディブにも伝わった。

テレビ局では特別番組を放送し、24時間体制で義援金を募った。それまで日本から受けた支援のことを思い、

「今度は我々が日本を助けよう！」

官民が一体となって動いた。

モルディブ政府は、被災地への食糧支援として、ツナ缶を８万６４００缶送ることを決定。本来ならば、貴重な外貨を獲得するための輸出品である。

ところが、その政府の発表を聞いた一般市民が

「缶詰ならウチにも新品がある！」

と、続々と寄付を申し出てきた。その結果、何と約60万缶ものツナ缶が集まった。

それらのツナ缶には缶切りが必要なタイプもあったので、政府はいったん集めて缶詰工場に送り、イージーオープン

式の缶に詰め直して（もちろん加熱殺菌も行った）、被災地に届けたのだった。津波の被害を受けた地域では、家も持ち物も、すべてを失った人がいる。缶切りがなくても食べられるようにという配慮である。

ぼくがモルディブを訪れた目的は、取材だけでなく、被災地を支援してくれたお礼が言いたかったから。関係各方面にきちんとお礼を申し上げてきましたぞ。

さて、工場での取材は滞りなく済んだので、残った時間はフェリバルの社員たちと釣りに行ったり、島を巡って遊んで過ごした。最後の夜には、島で飼っていた山羊をほふって、釣った魚と一緒にバーベキューをしてくれた。

そんな素晴らしい思い出が詰まったモルディブで、妙に記憶に残ったことがある。人々の歩く速度が、すごく遅いのである。

いつでも、どこに行くにも、ゆっくりゆっくり移動する。走っている人を一度も見たことがない（外国人を除く）。

人が集まれば、何か話しながら歩くわけだが、たいていは

「うひゃひゃ！」

と、楽しそうに笑いながら歩いていく。

フェリバル社の食堂で食事をするときも同じだった。2泊3日のあいだ、役員を含めた社

員10名ほどと一緒に食事をしたのだが、会話にビジネス的な要素が感じられなかった。日本だったら、食事をしながら

「あの案件はどうなっておるのか？」

「ええとですね、先方の意向が変わったようでして……」

なんて会話は普通にある。

ところが、フェリバル社の人は違う。たいていは

「くっくっく……」

と笑いながら食事をしている。

訊いてみると、食べ物のこととか、昨日の釣りのこととか、そんな話しばかりしているのだ。

もっと不思議だったのは、人の悪口を言わないこと。これは確かめたわけじゃないけど、きっとそうだと思う。同じ会社の人間が集まっているのだから、いない人の愚痴とか、上司の悪口を言ってもおかしくないはずである。

「日々の暮らしに満ち足りているのか？　だから悪口が出ないのか？」

とぼく。

「他人に文句をつける場面も見ませんでしたね」

と伊藤氏。

モルディブから帰ってからしばらくの間、ぼくは東京の街をゆっくり、ゆっくり歩くようになった。モルディブタイムが心に刻まれたのであります。

イスタンブールでサバサンド！　お土産は巨大アンチョビ缶

焼きサバを使った激うまサンドイッチがトルコにある！　……と友人から聞いたのは、ずいぶん昔のことである。

「えっ、サバとパンって合うの？」

「ばっちり合います。パンはバゲットみたいなやつで、パン自体もかなり美味しかった」

なるほど、バゲットなら美味しかろう。小麦の香りが豊かで、皮はパリッと、中はしっとり。

でもそこに、焼きサバ。

味がまったく想像できない。生臭くないのか？

話を聞いたあと、すぐにサバ水煮缶を使って再現することにした。おそらくこのサンドイッチの缶所（勘所）は、サバを香ばしく焼くことにあるはずだ。

サバ水煮缶から身を取りだし、骨にそってタテ半分に切り、魚焼きグリルで皮を炙る。

バゲットを約15センチ長に切り、横に切り目を入れてバターを塗る。そこに皮がほどよく焦げたサバと、スライス玉ねぎ、レタスを挟めば〝缶成〟だ。

懸念していた生臭みはなく、案外ウマい。バターはケチケチせず、たっぷり使ったほうがよさそうだ。玉ねぎは甘くてジューシーな新玉ねぎを使うのがベターだろう……。

その後も改良を続けて、最後に落ち着いたのはマスタードバター味だった。

フライパンにバターを溶かしてサバを焼き、マスタードを入れて軽く混ぜたら火を止める。それをレタス、スライス玉ねぎと一緒にバゲットで挟むのだ。

このサバサンドを雑誌の連載などで紹介したところ、かなりの高評価を得た。ぼくも調子に乗って
「これがトルコ名物サバサンド、のサバ缶バージョンです！」

誇らしげに言っていたものの、心の片隅で引け目を感じていた。

(じつは本物を食べたことないんだよなァ、オレ)

この思いが拭えなかった。

「よーし。思い切ってトルコに行くか！」

そうして2013年に行ってきた。

同国の最大都市、イスタンブールの旧市街に〈ガラタ橋〉という大きな橋があり、そのたもとにイスラム王宮風に装飾された船が3隻、つながれている。それがサバサンドを提供する屋台船だ。

船内には大きな鉄板がしつらえてあり、干物のサバを大量に焼いている。もうもうと煙が上がる様子と、サバが焼ける匂い。一瞬、日本の港町にいるような錯覚を起こした。

オーダーから1分もしないで手渡されたサバサンドは、分厚いバゲットの間に焼きサバ（半身1枚）、レタス、輪切り玉ねぎが挟んであった。川沿いにテーブルと椅子が用意してあり、テーブルの上には塩とレモン汁が乗っている。

塩とレモン汁は後回しにして、まずはそのままいただく。最初にバゲットの「皮パリッ、中フワッ」があり、サバに歯が達したとたん、香ばしい脂が「ジュン！」と湧き出た。塩気もほどよく、日本で食べる干物の焼きサバとちっとも変わらない。

なのに、やっぱり初めて食べる味。素朴かつ美味。

サバサンドの発祥は19世紀で、魚市場で売れ残った魚を活用するのが目的だったそうな。ゆえに調理にコストを掛けられない。なので魚を焼いて、野菜と一緒にパンで挟むだけ。今風に申せばＳＤＧｓ（持続可能な開発目標）であります。

さて、そんなトルコの缶詰文化は、どーなっているのか？

残念ながら、種類がとても少なかった。食品店や市場をのぞいたが、かろうじてツナ缶、オイルサーディン缶、ミックスビーンズ缶が置いてあるくらい。それも、売れている気配はまったくない。客の目に付きにくい位置に置いてあるのだ。

現地の知人にも訊いてみたが、缶詰はツナ缶くらいしか知らないという。

でも、何も買わずに帰国するのはシャクである。何でもいいからトルコ産の缶詰が欲しい。

そこで目を付けたのは、巨大な魚介缶だった。スパイス類から絨毯、宝石まで揃うという名物市場〈エジプシャンバザール〉で見つけたのだが、なぜか肉屋の一角に置いてあった。

やたらと愛想のいい店主は
「これ〝オイルサーディン〟！　すごく美味しい！」

という意味のことを言う。

「オイルサーディンなのか？」

「うんうん、そうそう」

「アンチョビに見えるけど、本当にオイルサーディンか？」

「うんうん、そうそう」

こちらは英語で話しかけ、むこうはトルコ語で返してくる。つまり会話は通じていない。

それが実はアンチョビ缶だと分かったのは、東京の自宅に戻ってからだ。

直径15センチ、厚さ4センチ弱という巨大な円形の缶に、体長10センチほどのアンチョビ（塩漬けイワシ）がぎっちぎちに並んでいる。

数えてみると20尾入っていた。試しに1尾を取り出してみると、何とその下にも同じようにアンチョビが並んでいる。つまり上下20尾ずつ、合計40尾も入っていたわけ。

その後しばらくの間、毎日のようにアンチョビを食べた。ピザトーストの具にしたり、サラダに入れたり、パスタソースに使ったり……。

あの時、きっと一生分のアンチョビを食べたと思う。

トルコの巨大アンチョビ缶

モルディブの絶品ツナ料理、マスフニ

ツナ缶を使った料理は世界中にある。例えば

・フランスのニース風サラダ～野菜にツナがマスト。他にはアンチョビ、オリーブ、ゆで玉子などを加える

・イギリスのツナトースト～バターを塗ったトーストにツナを油ごと乗せる

・ペルーのカウサ～マッシュドポテトでツナを挟んでショートケーキのように見せる（超かわいい）

ぜひトライして欲しいのは、モルディブのマスフニであります。

材料にココナッツフレークが必要になるけど、何とか入手して欲しい。それだけの価値はありますぞ。

ツナ缶（油漬けでも水煮でも）に、みじん切り玉ねぎ、ココナッツフレーク、ライム汁（レモン汁でも可）、レッドペッパーを混ぜて、しっとりするまで揉めば缶成。ココナッツの風味が南国的でマジうまです。

第4章

酒と缶詰の日々
～ビールもワインもウイスキーもどんとこい！

銀座で缶詰談義

某日。友人2人と銀座で呑んだ。

口開けの店は、コリドー街近くにあるバー〈ロックフィッシュ〉だった。

ここのハイボールは、365日いつ呑んでもめっぽうウマい。ウイスキーが通常のハイボールの2倍も入っているのに、口当たりが軽やかなので、スイスイと呑めてしまう。

まっ、3杯も呑めば大抵の人はへべれけ状態になる。でも美味しいから、ついおかわりを頼んじゃうのだ。

おつまみは〈オイルサーディン〉をチョイスした。

バーではよくある定番メニューだけど、ロックフィッシュで出てくるものはひと味もふた味も違う。

まず、使われているのは竹中罐詰（缶は旧字）のオイルサーディンだ。

京都近海で獲れた新鮮なイワシの頭、内臓を手早く取り除き、尻尾の先端はハサミで切り整える。それを軽く乾燥させてうまみを凝縮してから、一尾ずつ缶に詰めていく。その上から注がれるのは、高品質の綿実油。

ほとんどの工程が手作業。

なので大量生産は不可。

そんなこだわりのオイルサーディンを、ロックフィッシュではずっと使い続けている。

オーナー兼バーテンダーの間口一就《まぐちかずなり》氏は、基本的には寡黙な人だ。話しかければ応対するが、自らはほとんど話さない。その放置された感覚が、なかなか心地良い。

以前、ぼくが気まぐれに
「間口さんは高倉健っぽいイメージだよね」

と言ってみたら
「自分、違いますから」

と軽やかに返してきた。

短く刈り上げた髪型に、きりりと太い眉。それで「自分」などと言うのだから、まるきり高倉健ではないか。思わず笑ってしまった。

この日もハイボールをきっちり3杯呑み、全員がご機嫌になったところで河岸を変えることにした。

「うなぎでも食べようか」

とぼく。

「いいですねえ！　じゃあ次は清酒だな」

と、某缶詰メーカー勤務のT氏。

「どこのうなぎ屋さんですか？」

と、某小売店のバイヤーK氏が尋ねる。

「ふふふ。東京では珍しく関西風に焼いてくれる店です。お楽しみに！」

とぼく。

ロックフィッシュを出て、銀座6丁目の交差点に向かう。中央通りを渡り、GINZA SIXの裏側に回り込むと、狭い通りに面して〈ひょうたん屋6丁目店〉がある。そこが目当てのうなぎ屋だ。

カウンターが空いていたので、3人で並んで座る。ビールを呑みながらメニューを眺めた。

「すごい！　うなぎ屋さんなのにおつまみが充実してますね」

とT氏。

そら豆の入った卵の花。ホタルイカ。カツオのたたきに、キャベツとじゃこのサラダ。季節の食材で作られたメニューが並ぶ。和えものは作り置きせず、注文が入るたびに食材を合わせて作る。だから風味が新鮮そのもの。

今の店主は、確かぼくと同じ歳だったと思う。先代の店主の息子さんである。

かつて、この店に通い始めた初期に、とても嬉しいことがあった。

先代の店主が

「あれ、ひょっとして缶詰博士さんですか？」

と、カウンター越しに声を掛けてくれたのだ。

当時はＮＨＫラジオ第一放送でレギュラー番組を持っていて、ある日の生放送のあと、夜に呑みに来たのだ。

ご一緒したのは、その番組を担当するアナウンサーと放送作家。カウンター席につき、缶詰談義に花を咲かせていたら、店主がぼくの声に気付いたらしい。

「あの番組はいつも聴いてますよ。缶詰の話は面白いね！」

いや、本当に嬉しかった。それから店主との距離がぐっと縮まり、その関係は（この場合は缶係が正しい）息子さんにも引き継がれている。

で、この日も同じようにカウンター席について、呑んで、食べて、喋った。

話題の中心は、若い頃に誰の影響を受けたかということ。

某缶詰メーカー勤務のＴ氏は、作家の森瑤子さんに心酔したという。地方で高校生活を送っていたＴ氏にとって、森瑤子さんの描く東京のスタイリッシュな生活は、まるで夢のように思えたそうだ。

それは例えば、六本木の〈明治屋ストアー〉で買い物をし、恋人と合流してから葉山までドライブ（車はポルシェのオープン）。別荘に着いたら鶏一羽をオーブンに入れ、焼き上がるのを待ちながらシャンパンを味わう……といった世界だ。

「いやいや、どんだけリッチなの！」

バイヤーＫ氏がすかさず突っ込む。そうだよな。森瑤子さんのエッセイが流行したのは、バブル全盛期だったもんな。

「そんな生活、永遠に無理でしょ」

「でも本当に憧れた。オイルサーディン丼を作る話があって、あれはよく再現しました」

「やったやった！　簡単なのにウマいんだよ、あれ」

「オイルサーディンを和食の世界に引きずり込んだのが、森瑤子さんの偉大な功績かと」

「ところで、博士」

と、バイヤーＫ氏。

「博士の缶詰好きは、誰の影響を受けたんですか？」

「誰の影響も受けていない」

「えー、マジっすか？　なんか、カッコつけてないですか」

「ふふふ」

「どうせポパイのほうれん草の缶詰に憧れたとか、そんなレベルでしょ」

「ギクリ」

「だって、昔は缶詰もお洒落アイテムだったし」

「そうなんですか？」

と尋ねるT氏。ぼくやK氏より10歳以上は若い。

「オイルサーディンなんて、普通の家には置いてなかった。ウチは父親が輸入業をやっていたから、よく食べてたけど」

「何とうらやましい！　T宅に生まれたかった」

とぼく。

「そしたら、もっと早く缶詰博士になっていたかもですね」

とK氏。

関西風に香ばしく焼かれたひょうたん屋のうなぎは、最高のご馳走だ。なのに、話の中身は缶詰のことばかり。ぼくの呑み会はいつもそうなるのだ。

キャンプでも酒と缶詰だっ！　その1

某日。アウトドア情報サイト『ブラボーマウンテン』の編集者、池田圭氏と冬キャンプに行った。

『ブラボーマウンテン』（通称ブラマン）は、2021年4月に公開されたサイトだ。出版社の双葉社が運営しているので、文章の校正や事実確認などがきちんとしている。玉石混交のネット業界の中では、かなり安心して記事が書けるサイトである。

ちなみに、ぼくの連載は〈缶詰博士の缶たん〝CAN〟P料理〉というタイトルで、サイトの公開当初から載せてもらっている。ありがたし！

池田氏はフリーランスで編集・ライター業をしていて、ブラマンではぼくの担当をしている。身長およそ180センチの8頭身。頰からあごにかけてヒゲが生えており、とても見栄えがいい。

一方、ぼくは身長１６７センチの６頭身。ヒゲは生やしたくても生えず、それどころか頭髪がたいへん寂しい。なので、写真を撮る時には池田氏と並ばないよう気を付けている。さて、その日のキャンプは半分が仕事で、半分が遊びだった。

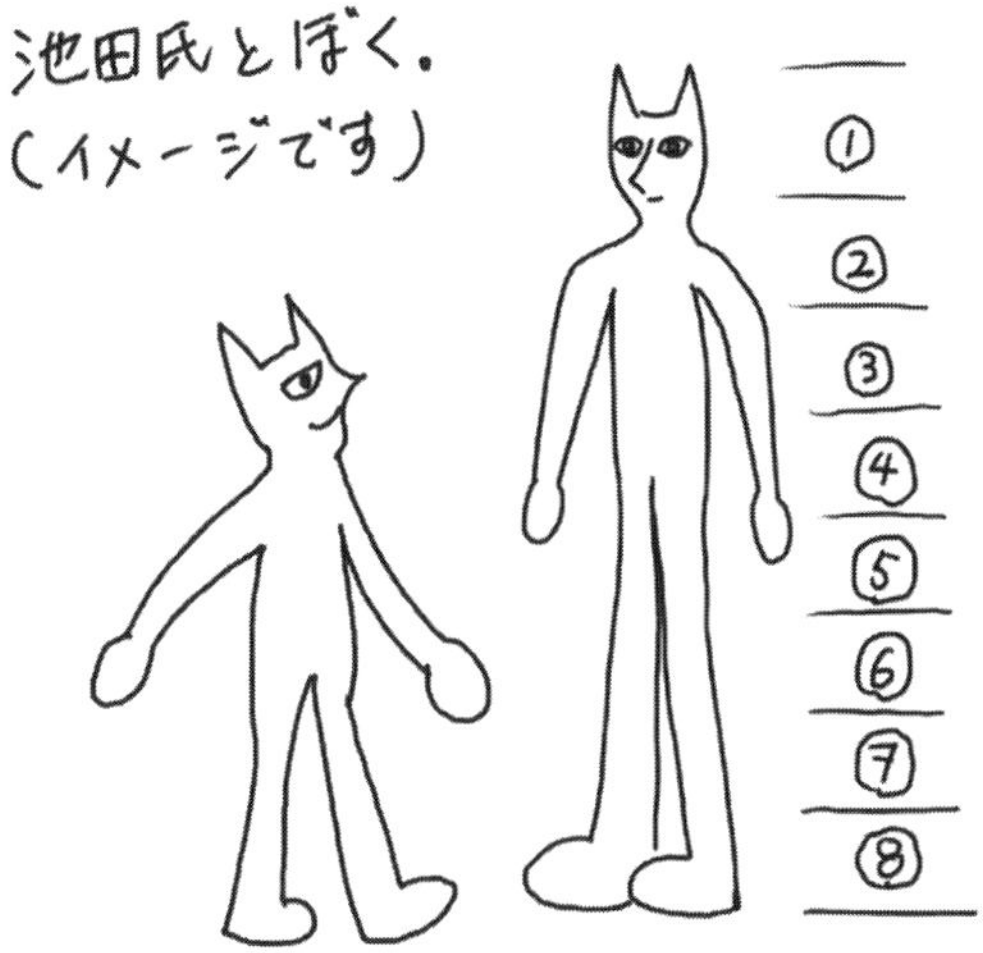

連載に使う写真の撮影が目的だが、それが終われば焚き火を前に酒を呑む。というか、とっとと撮影を終わらせて酒を呑みたい。

最初に向かったのは、池田氏の知人が所有している植木農園だった。敷地の一部が改造されており、焚き火やバーベキューができる。

「予約してあるキャンプ場がまだ開いていないので、まずはここで撮れるだけ撮っておきましょう」

と池田氏。

冬の陽は短く、午後３時を過ぎると森の中は暗くなる。すると撮影が困難になるのだ。そのため、キャンプ場に行く前にも撮影できるように、その農園を手配してくれたわけ。さすが池田氏、頼りになる相棒であります。

その日に撮影する予定の缶詰は3種類あった。ホテイフーズの〈とりチーズ〉と、明治屋の〈MY コンビーフ スマートカップ〉、それに輸入物のトマト缶だ。

この3種類の写真があれば、3本分の記事のネタになる。効率はいいけど、かなり忙しい。

最初の撮影は、各缶詰の外観写真だ。それぞれ背景を変え、予備も含めて数枚ずつ撮っていく。

次に、缶詰を湯せんで温めてから内観を撮る。冷たいままだと油脂が固まっていて、美味しそうに写らないからだ。

それからやっと〝CAN〟P料理がスタート！　缶詰を使って料理する様子を、段階的に撮影していく。

最後は料理の箸上げ（箸やフォークで中身をすくった状態）とか、ぼくが食べている姿などを撮れば終了だ。

ひとりでキャンプに行く時は、基本的に1日で1缶分しか撮影しない。今回はそれに比べると作業量が3倍もあったので、たびたび池田氏にカメラを渡して撮影を頼んだ。本来ならカメラマンの仕事なのである。すまぬ池田氏！

何とか予定していたカットを撮り終え、農園を撤収。昼食を食べに行く。近くに海鮮丼がウマい店があると、池田氏は言う。

その池田氏を見ると、ズボンの裾に小さな種子らしき物体がたくさんくっついていた。

「変なのがくっついてるよ」

とぼく。

「うわっ、何だこれ？」

池田氏、慌てて手で払うが種子は取れない。

トゲでくっつく種子はよく見かけるけど、それではない。ベタベタとした粘着力でへばりついているのだ。

ウエットティッシュでこすっても、粘着力が強くて取れない。手でこすると、今度は手にくっついてくる。悪意に満ちた種子である。

いや、種子にとっては子孫を残すための手段なのだろうけど。

「博士、これ取ってくださいよう」

「何でオレが。自分で取れよ」

嫌な予感がして、自分のキャンバスバッグを調べてみると、同じ種子が大量にくっついていた。

「ほーら、人に親切にしないからそんなことになる。因果応報ですよ」

「そういうの、因果応報って言う？」

軽口をたたきあいながら、千円の海鮮丼を食べた。

アジ、カツオにマグロ、ホタテなど、新鮮な切り身が器から溢れそうに乗っている。切り方もデカい。千葉県千葉市にある〈食事処よかった〉という店だったが、たしかに〝よかった〟。

キャンプでも酒と缶詰だっ！　その2

午後になり、予約していたキャンプ場に移動した。再び道具の一式を広げ、焚き火を起こしてテントも設営する。今夜はここで一泊するのだ。

冬の陽が、早くも傾き始めている。木々に囲まれたテントサイトは、あっという間に暗くなっていく。

料理と撮影をひとりでやっていると、とても間に合いそうにない。思い切って池田氏にカメラを預け、撮影をすっかり任せてしまった。

これで彼は、編集者兼カメラマンに昇格（？）したわけだ。

スキレット（鋳鉄製のフライパン）にオリーブ油をひき、冷凍のハッシュドポテトをひとつ入れて、その上にＭＹコンビーフをほぐして広げる。

フタをして焚き火の網に乗せておくと、やがて香ばしい湯気が出てきた（こうした作業も撮影している）。

ハッシュドポテトがこんがり焼け、コンビーフが柔らかくなったら、粒マスタードをトッピングすれば〝缶成〟だ。

コンビーフの脂が沁みたポテトから、たまらなく良い匂いがしている。熱いうちに食べたいが、他の撮影が残っているため、いったん放置。

次に、とりチーズの中身を小鍋に移して、白ワインとシュレッドチーズを

加えてからフタをし、焚き火の網に乗せた。ブロッコリーとジャガイモはホイル焼きにし、仕上げに熾火《おきび》で焦げ目をつけた。

ところで、とりチーズとＭＹコンビーフは、午前中にも別のパターンで撮影してあった。とりチーズは湯せんして温め、缶から直に食べる様子を撮った。いろいろ手を加えなくても美味しい缶詰なのだ。

ＭＹコンビーフのほうは、輪切りにした玉ねぎと供に、鉄板でバター焼きにして、同じ鉄板で焼いたマフィンに挟んで、カフェ風サンドイッチにした。

それら2つの缶詰を、今度は焚き火料理に応用するのだ。焚き火は夕方のほうが魅力的に撮れるので、陽が沈むぎりぎりのタイミングで撮影するわけ。

小鍋の中のとりチーズは、加えたシュレッドチーズが溶けてふつふつと煮立っていた。香ばしく焼けたブロッコリーをチーズに浸し、持ち上げればトロリと糸を引いて、いかにも美味しそうな写真になる……はずだったのに、白ワインの量が多すぎた。チーズが溶けきり、糸はまったく引かず。

「博士、チーズを足しましょう」

「もうぜんぶ使っちゃったよ」

「えー。どうして予備を持って来なかったんですか」

そんなことを言い合っているうちに、あたりはとうとう暗くなった。

「トマト缶の撮影が残ってますけど、こう暗くなったら無理ですね」

「無理だなァ」

「諦めるしかないでしょうね」

「うむ。諦めるしかない」

残念だ、しょうがないと呟きながら、２人は撮影時よりもテキパキと動き、あっという間に宴会の準備を整えた。

それぞれ愛用のカップに缶ビールを注いで、缶杯（乾杯）！

料理を焚き火で温め直し、さっそく肴にした。

「おっ。ハッシュドポテコンが予想以上にいいです。コンビーフは匂いが苦手なんですが、こうすると美味しいですね」

と池田氏。

ＭＹコンビーフは伝統的な製法で造られており、添加物に〈亜硝酸ナトリウム〉が使われている。食中毒を起こす最強・最悪の〈ボツリヌス菌〉の繁殖を防ぐので、国際的に認められている添加物だ。

と同時に、ハムやソーセージ類にも共通する特有の匂いが出る。池田氏はそれが苦手なのかもしれないが、今回はうまく緩和されたようだ。

カフェ風コンビーフサンドも悪くなかった。焦がし気味に焼いたコンビーフと玉ねぎが香ばしく、マフィンにもよく合っている。味付けにはウスターソースとマヨネーズを混ぜたものを使ったが、それもいい缶じ（感じ）だ。ホテルニューオータニの定番サンドッチ〈コンビーフ&玉ねぎサンドイッチ〉に使われているソースと同じもので、料理本に書いてあったのを真似させてもらった。

さて、シャバシャバ状態のとりチーズ・フォンデュはどうだろう？

フォンデュというよりスープに近いが、ワインのおかげで味に奥行きが出ている。ちゃんとウマい。

「これは白ワインと一緒に食べたいですね、博士」

「ふっ。それを予期して甲州ワインを持ってきたのだ。オレを舐めるなよ」

「撮影の段取りは悪いのに、宴会の段取りはバッチリじゃないですか」

「何だとー！」

〝CAN〟P（キャンプ）料理を平らげた後は、スーパーで買ってきた肉、キノコ、野菜を焼いて食べた。炭火は偉大で、どんな食材でも美味しく焼けてしまう。

風が木々を揺らす音が聞こえる。吐く息が白い。焚き火の暖かさがありがたい。

ワインを2本飲み干したところで満ち足りた。寒さに震えながらテントに潜りこむ。夢は見なかった。

酒の呑み方がいまだに分からぬ

酒が呑めない人からすると
「どーして人は酒を呑むのか？」

といった議論が、退屈でたまらないという。さもありなん、自分には何の関係もない話だもんなァ。

かくいうぼくは、酒が大好き。スキあらば呑んでます。

しかし、50歳を過ぎてからはずいぶん弱くなった。

若い頃のつもりで呑んでいると、ある瞬間に、いきなり酩酊となる。

そうなると二日酔いは必定。ひどい目に遭う。

新聞を広げても、眺めているだけで気持ちが悪くなり、かといって目を閉じると、今度

ジョッキで飲むと
ビールはウマい。が、
家では使わない。

は頭がぐらぐらと揺れている気がして、やはり気持ちが悪い。

寝ても治らず、立っていても具合が悪い。始末に負えぬ。

「もうね、お酒はしばらく禁止ですよ！」

わざわざ口に出して誓う。

「禁止令は今日から施行！」

誰もいない部屋で叫んだりする。

それが、どうだ。

陽が暮れてくる頃合いには、またぞろ
（そろそろ一杯、やってもいいなァ）

変心している。

（まっ、ほら。今日は軽くやるということで）

自分自身に言い訳をする。

朝にあれだけ苦しんだというのに、まったく懲りない。

酒は百薬の長だとか、人間関係を円滑にするとか、呑むための理屈はいろいろと揃っている。

呑むのはまあ、いいのだ。良くないのは呑み過ぎることなのだ。

どうして〝過ぎて〟しまうのだろうか。過ぎるからにはワケがあるに違いない。

そう思ったぼくは、原因と対策を考えてみた。

①寝不足で呑む
ぼくは睡眠時間が４時間を切ると寝不足になる。

その状態で酒を呑むと、いつもより少ない量で酩酊する。すなわち、呑み過ぎるのと同じことになる。

寝不足でふらついている日など、本来は大人しくしているのだが、そんな日に限って仲間たちが
「博士、呑もうよ！」

と誘ってくる。

この誘惑は、極めて強い。本当にやめて欲しいと思う。

対策としては、誘いを断るしかない。そうしようと努めている。

しかし、これまで誘いを断ったことは一度もない。

②食べずに呑む
ぼくがよく開催する缶詰イベントは、お客さんが酒を呑みながら缶詰を試食し、ぼくやゲ

ストのトークを聞くというスタイルだ。ぼくは壇上で喋り続けるので、食べることはほとんどなく、ずっと酒を呑んでいる。

喋れば喉が渇くものだし、そうなるとビールが美味しくなる。そうしてグラスが空になるたびに

「はい、お替わりです！」

会場のスタッフが気を利かせて持ってくる。

ぼくが呑んでいれば、それを見ているお客さんも呑みたくなる。その結果、酒のオーダーが増え、会場は儲かる。お客さんもご機嫌になる。誰もがハッピーになれる仕組みなのだ。

しかし、どれだけ呑んでも、ぼくはイベント中に酔ったことはない。仕事中という意識があるからだ（我ながらエライと思う）。

そのせいもあって、酒はスイスイ進む。すなわち呑み過ぎてしまう。

そして、イベントが終わった瞬間に、一気に酩酊するのだ。

対策としては、披露宴の新郎新婦のように、呑むフリをして中身をバケツに捨てることだろう。

しかしそんなもったいないこと、一度もやったことがない。

③見知らぬ人と呑む

ぼくは人見知りで、知らない人が集まる会が大の苦手だ。

笑ってはいけない。本当のことであります。

だから、かつて流行った〈異業種交流会〉みたいなのに誘われると、すごく気が重い。

最悪なのは、誘ってきた知人以外がみんな初対面という状況である。

そうなったら、知人の隣に席を決め、彼とだけ口をきき、一時もそばを離れずに過ごすことにしている。

ところが、物事は思い通りにいかないのである。突然、見知らぬ人がやって来て
「初めまして！　よろしければ名刺交換を」

などとのたまう。

「どんなお仕事をされてるんですか？」

隣にあぐらをかいて、いかにも気楽な様子で話してくる。迷惑なことこの上ない。

さらに、知人が思いがけない行動をとる。

「私もちょっと一回りしてきます」

などと言い残し、席を立ってしまうのだ。

（オ、オレを見捨てないでくれェ！）

そこから苦行が始まる。ぼくは人見知りだけど、相手の機嫌を損ねるのも嫌だ。なので、何とか興味のあることを探り出し、話しを膨らませていくしかない。

次第に疲れがたまり、といって無口になるわけにもいかず、困った状態が続く。

やることはひとつしかない。酒を呑むのだ。

忽然と、ジョッキのビールを飲み干す。

「やあやあ、いい飲みっぷりですね。次は何を呑まれますか？」

見知らぬ人は気を遣い、酒を注文してくれる。断るのも悪い気がして、それもぐいと呑む。

「やっ、実にいい飲みっぷりですね」

見知らぬ人は座が盛り上がってきたと思い、またお代わりを取ってくれる。これぞ悪循環。

対策としては、見知らぬ人が集まる呑み会に参加しないこと。

今では異業種交流会なる会が廃れたおかげで、参加せずに済んでおります。

初めて出した本はおつまみ本だった

このあいだ、引き出しの中を整理していたらスキットルが出てきた。

高校時代に買ったもので、容量１８０㎖の軽量なアルミ製だ。

山に行ったときなど、これでウイスキーを「くいっ」と呑んだらカッコいいと思ったのだが、実際には容量が少なすぎた。なので、ほとんど使わないまま持ち続けている。

今、さらっと「高校時代に買った」と書いたとおり、ぼくは高校生の頃から酒を呑んでいる。

そういうことをしてはいけないことになっているんだけど、しておりました。

とくに登山やキャンプに行ったときに、仲間と呑む酒はウマかった。いや、正直を言えばウマいというより、カッコつけて呑んでいた。

一度、キャンプで呑んでいたところを警官に見つかったことがある。

その日は土曜日で、部活帰りにそのままキャンプに行こうと、高校の吹奏楽部の仲間２人を連れ出した。

ぼくが通っていた宮城県立泉松陵高校は、山を切り開いた住宅街の最奥地にあった。ゆえに、校舎の裏はすべて山地で、その一部は〈県民の森〉として整備されている。

冬の日の、午後遅い時間だった。キャンプ道具を積んだ自転車にまたがり、ぼくらは県民の森に入っていった。

アスレチックで遊んだり、野外音楽堂を見学しているうちに陽が暮れた。ぼくらの他にいた人はみんな帰ってしまった。夜には誰も来ない場所なのだ。

水筒に水を補給し、ハイキングコースを走っていくと、道端にちょうどいい空き地があった。そこにテントを張り、自転車をきちんと3台並べた。

3人で1つのテントに潜りこんで、酒を呑みはじめた。酒は〈宝Ｃａｎチューハイ〉だ。当時、初めて登場した缶入りチューハイである。

このときのメンバーは、吹奏楽部でチューバを担当しているＡと、トロンボーンを担当しているＢと、トランペット担当のぼくだった。

ニューコンビーフやマルシンハンバーグを食べながら、順調に缶チューハイを消費していった。部活の内輪話で盛り上がっていると、突然、外で声がした。

「おい、ちょっといいかな？」

ドスの利いた中年男の声だ。

恐る恐るテントの入り口を開けると、警官が２人立っていた。中年と若者のコンビで、若者のほうが懐中電灯を使い、ぼくらの顔を無遠慮に照らした。

「こんなところで何をしてるのかな？」

中年が問う。

（何って、見れば分かるだろ。キャンプだよ）

と思ったものの、口から出たのは
「キャンプです。ぼくたち、受験勉強の息抜きがしたくなって」

という台詞だった。

受験勉強の息抜き云々なんて、言わなくてもいいのだ。しかし気の弱いぼくは、余計なことまで喋ってしまう。情けない。

「そうか。こんなところでテントを張っているのは珍しいから、声を掛けたんだ。キャンプいいなァ。ところで、どこの高校？」

（どこだっていいじゃねえか、うるせえなあ）

と思ったものの、口から出たのは
「泉松陵です」

という台詞だった。

気の弱いぼくは、嘘のひとつも言えないのだ。情けない。

とはいえ、缶チューハイが見つかったら絶対ヤバい。補導&停学コースだ！

ところが、中年警官はこう言うのだ。

「まあ、気を付けて過ごしなさいよ。夜は冷えるからね」

（飲酒はバレてない。無事に終わるぞ……）

と思ったのも、つかの間だった。

若い警官が照らした懐中電灯の光に、Ｃａｎチューハイの空き缶がくっきりと浮かび上がったのだ。

「何だあ、お前ら。酒を飲んでいたのか！」

一気に血の気が引いた。今度は何も言えない。

「缶チューハイ、ウマいか？」

（ああ、ウマいよこんちきしょう！　とっとと補導しろよ）

「まあ、今度から気を付けろ」

「えっ？」

「お前らさっき、高校の名前を正直に言ったろ？　あれが嘘だったら許さなかったけど、本当のことを言ったから許してやる。じゃあな」

警官２人はあっけなく去ったのだ。何と、無罪放免になったのだ。

冷静になって考えれば、テント前に並べた自転車には、学校名が記されたシールが貼ってある。警官はそれを確認したうえで、あえて訊いてきたわけだ。

「まったく、警察ってのは汚ねえよ！」

ぼくは虚勢を張ったが、ＡとＢは心底ほっとしたようだ。

「た、助かったー！」

「受験がパアになると思った！」

そんな珍事（不祥事とも言う）もあったが、その後の人生でも酒はしっかり呑んできた。

初めて出した缶詰の本も、タイトルは『うまい！酒の肴になる！おつまみ缶詰酒場』（２００９年発行／アスキー新書）というもの。66種類の缶詰を、それに合う酒と一緒に紹介するという、じつに不埒な本でありました。

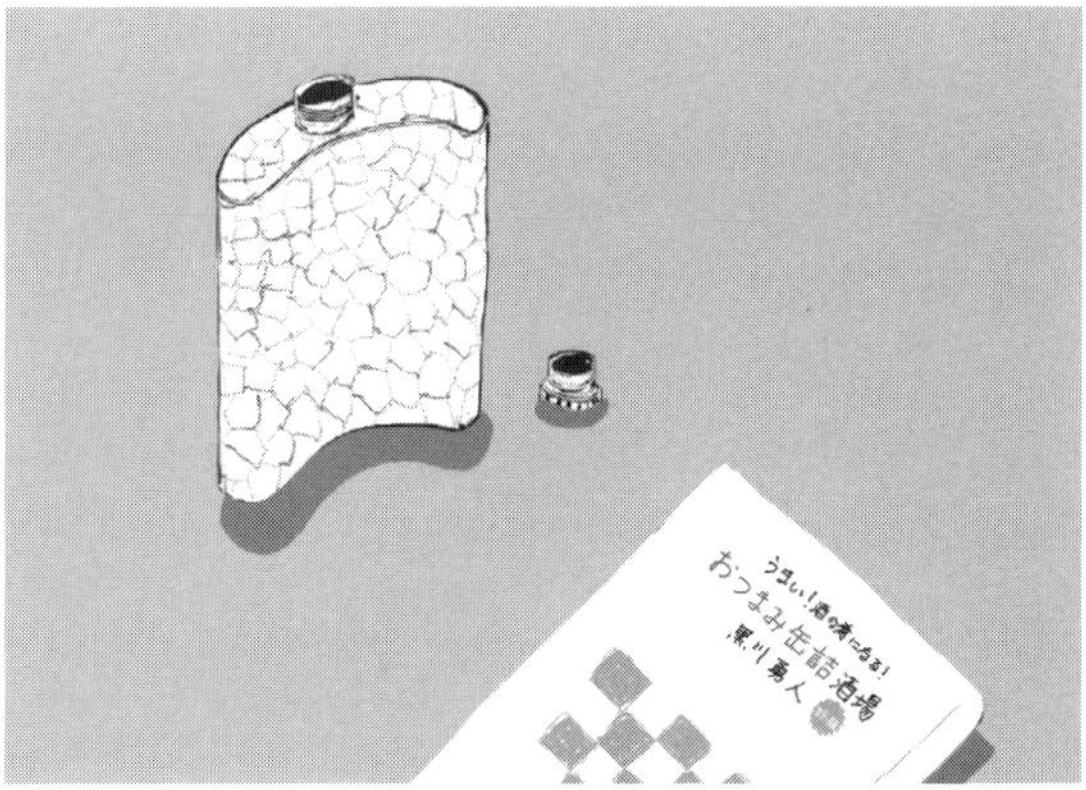

おまけ

アウトドアに向かない缶詰とは？

昔から、缶詰は登山やキャンプで活躍しております。持ち運び便利。冷蔵不要。小腹が空いたときやおつまみにも便利だ。空き缶は持ち帰らないといけないけど、空き缶自体は軽量である。ちょっと大きめのサバ缶（内容量180グラム程度）でも、缶とフタだけなら40グラム程度しかない。

ということで、野外にも缶詰をじゃんじゃん持ち出してほしいと思いつつ、選ぶ際の注意点を申し上げたい。

たとえば、油漬けのツナ缶。ふだん油を捨てて使っている人は、野外でもその処理をしないといけない。その辺に捨てたら環境に影響が出るから、新聞紙等に含ませて持ち帰ることになる。味の濃い缶汁が入った大和煮等も同様であります。

無難にいくなら、そういう缶詰は最初から選ばないほうがいい。あるいは、ツナ缶の油は炒め物に使うとか、濃い汁は薄めて料理のダシに使うなど、知恵で解決していく楽しみもありますぞ！

第5章

缶詰だよ！　おれの人生

缶詰博士の日常　ある朝の食卓

朝はだいたい5時頃に起きる。

気が向けばジョギングに行き、シャワーを浴びてから朝食の準備をする。

内容は、オレンジジュースにコーヒーとヨーグルト。それとパンだ。

パンはドンクのハードトースト（8切り）がお気に入りで、いつもまとめ買いしたものを冷凍保存している。

それをどうやって食べるか、毎朝ちょっと悩む。

トーストにするか、それとも解凍してからサンドイッチにするか。

台所に立ち、他の作業をしながら、頭の中であれこれ思案する。

（昨夜のサバ缶カレーが残っていたっけ。あれでホットサンドを作るか）

サバ缶カレーとは、サバ缶のアレンジ料理のひとつである。

昨夜はニンニク、ショウガ、玉ネギをじっくりと炒め、スパイスと塩を足してから、サバの水煮缶を汁ごと入れて軽く煮込んだ。

最後にココナッツオイルを加えたのが良かった。まるで南インドのフィッシュカレーのようにに仕上がった（インドに行ったことないけど）。

それを夫婦で食べ、わずかに食べ残した分が冷蔵庫にある。

食パンの上に塗り広げると、ちょうどいい量だった。溶けるチーズも加えて、もう1枚の食パンを重ね、ホットサンドメーカーで挟み込む。

あとは両面に焦げ目がつくまで焼けば〝缶成〟であります。


今日は水曜日。ネットの週刊記事〈缶詰博士の珍缶・美味缶・納得缶〉の締め切り日だ。

この連載は『マイナビニュース』に掲載されていて、今年でもう6年目になる。ありがたし。

今回は、カニ缶を使ってオムレツを作る話を書いていた。カニ缶はもともと高級缶詰の代表だけど、近年はロシア近海で漁が制限されたり、資源量が減っていたりして、さらに価格が上がっている。

タラバガニの高級缶詰になると数千円はするし、なかには2万円近いものだってある。庶民にはめったに手が届かない、はるか遠い存在なのであります。

ただ、カニ缶の中には500円程度で買えるものもある。そのまま食べちゃうともったいないので、料理に使って量を増せば、ちゃんと元は取れるのではないか。

……という趣旨で記事を書いていて、増量メニューはオムレツに決めた。

具体的なレシピを考えていると、腹が鳴った。折しも昼時であります。

原稿からいったん離れて、撮影の用意をする。

最初にカニ缶の外観写真を撮り、次にフタを開けて内観写真を撮る。

それから台所に入って、カニ缶のオムレツを作りはじめる。

調理過程の写真も、念のため取っておいた。

やがて〝缶成〟したのは、直径17センチ、厚さ3センチの大きなオムレツだった。

切り分ければ4人分~6人分になるだろう。

写真を撮ってから、1片を切り取り、ごはんと共にいただく。カニのうま味が沁みわたった、ふんわり優しい味だった。

午後4時。書き上げた原稿を読み直し、写真と一緒にマイナビの編集者へメールで送った。

これにて今日の仕事は終了。

それまで聞いていたクラシックをロックに切り替えて、気分転換しつつ今夜のメニューを考える。

昨夜がサバ缶カレーだったから、今夜は肉が食べたい。たしか、冷蔵庫に鶏モモ肉が入っていたはずだ。それをグリルしよう。

ほかには温野菜をたっぷり。それと、副菜としてもう１品、何か欲しい。

ツナと豆腐のごま和えにしようか。うん、それがいいな。

かくしてその日は、朝にサバ缶、昼にカニ缶、夜にツナ缶を食べたわけだ。

さて、明日はどの缶詰を食べようか？

サバ缶づくしの日

某日。原稿を書いていると、髙木商店の豊島光伸さんから電話が来た。

「博士。お元気ですか？」

「うん、こないだ会ったばかりだよね」

「あっはっは！　そうでしたそうでした！」

高木商店は銚子漁港の近くに工場を構える茨城県の缶詰メーカーで、銚子漁港に水揚げされるサバ、イワシなどで缶詰を造っている。豊島さんは同社の営業担当だ。

人柄は朗らか、かつ大らか。そして笑い上戸。

なので、缶詰イベントなどに参加してもらうと大いに盛り上がる。じつにありがたい人であります。

「サバの原料事情がますますヤバいです。他のメーカーさんからもお聞きになっていると思いますが、今年もほとんど水揚げがありませんでした」

この数年、サバの不漁が続いていて、２０２２年も不漁のままシーズンが終わってしまった。

豊島さんは魚の生態にも詳しく、漁の様子を常にチェックしている。いつも有益な情報を教えてくれるのだ。ありがたし。

その後もサバ漁についていろいろと教わったあと、電話を切った。

（そういえば、しばらくねぎ鯖を食べてなかったな……）

高木商店の〈ねぎ鯖〉は、サバとネギを一緒に煮付けた画期的な缶詰だ。２００７年に発売された、同社を代表する商品である。

（サバのうま味がネギに沁みてて、そのネギの風味がサバに移ってて……）

思い出すだけでよだれが出てきた。よし、昼はあれでごはんを食べよう。

机を離れ、背後にある缶棚を開ける。サバ缶が収まっているのは最上部の2段である。

ねぎ鯖を探していたら、ふと別のサバ缶に目がいった。

（あーっ、これもウマいんだよな）

手に取ったのは、清水食品の〈サバ・トマレモ〉。２０２３年の新商品だ。

サバの不漁で、既存商品を造り続けるだけでも大変な時代だ。そんな中で新商品を開発し、市場に投入してきたのだ。

これが缶詰メーカーの矜持というものか。いや、ど根性だ！

清水食品の本社は静岡にあるが、魚介の缶詰は宮城県気仙沼市にあるグループ企業ミヤカンが製造している。

そのミヤカンに、面白い人がいる。原料を調達している魚の目利き、三浦健一さんである。

彼は、必ず気仙沼魚市場に寄ってから出社している。

缶詰に使う原料を買うという役目もあるが、買い付けの予定がない日でも、やっぱり魚市場に行く。

早朝に水揚げされた魚介の様子を見たり、漁船の動向をチェックしたり、あるいは市場関係者と話をするためだ。

「毎日、魚の顔を見ないと気が済まない」

というくらい、魚が大好きな御仁である。

そんな三浦さんが仕入れたサバで造った、サバ・トマレモ。トマト&レモンの風味が爽やかで、冷製パスタにすると激ウマ。というか、三浦さん効果のおかげで、食べる前からウマい。

さて、困ったぞ。

ねぎ鯖を食べるならごはんだ。でも、トマレモを食べるならパスタだ。

取りあえず味見をしてから考えよう。

パカッ。パカッ。

結局、両方の缶詰を開け、半分ずつそのまま食べてしまった。

時刻は午前10時過ぎ。早弁にもほどがあるだろ、オレ!

残りはラップをして冷蔵した。夕飯のおかずにするつもりである。

ふたたび机に向かい、メールをチェックしたら、岩手缶詰の阿部常之さんから連絡が来ていた。

同社の缶詰について、いくつか質問をしていたのだ。その返信である。

岩手缶詰（岩缶）とのお付き合いも長い。ぼくが缶詰工場を取材するようになって、最初に伺ったのが髙木商店。その次が岩缶だった。

一般の人にはあまり知られていないメーカーだけど、じつは話題になった缶詰も多い。

一番有名なのは〈サヴァ缶〉だ。

東日本大震災からの復興を目指して、２０１３年に発売。カラフルなパッケージと、オリーブ油漬けという目新しさ。そしてフランス語の「サヴァ？」（元気ですか？の意）に掛けた品名。今でも売れ続けている人気商品だ。

そんな岩缶が２０２１年に出した〈鯖チョコレート風味〉は、すごかった。

何しろ、チョコレート味のサバ缶である。味の想像がまったく出来なかった。

ところが、これがめっぽうウマかった。ベースの味は砂糖しょう油で、そこにカカオの香り、苦みがうまく調和している。コクの深い味なのだ。

おのれ岩缶の阿部さん。またあの美味しさを思い出し

たじゃないか。鯖チョコ食べたい。

またまた机を離れ、缶棚を漁る。しかし、いくら探しても鯖チョコが見つからない。

諦めきれず、缶棚の前に置いてある段ボール箱を開けて調べる。どこかに1缶くらい、残っていないか？

と、そこで別のサバ缶に目が行った。宝幸の〈日本のさば 梅じそ風味〉だ。

同じような味付けのサバ缶は他にもあるけど、宝幸のものは梅じそ味がもっとも濃い。

そして、ぼくは梅じそ味が大好き。これ1缶でごはん1合はペロリといける。

かくして、昼にはごはんを炊いて梅じそ風味で平らげ、夕飯にはパスタを茹でてトマレモをまぶし、そのおかずにねぎ鯖を添えるという、ワケの分からない食事を摂った。

こんなハチャメチャな生活が、缶詰博士の正常運転である。

あってはならぬこと

某日。我が家で問題が発生した。

我が家は事務所を兼ねているので、仕事で使う缶詰がたくさん置いてある。

その総数、およそ4千200缶。

収納棚を2つあてがっているけど、どちらもすでに満杯だ。

入りきらない分は段ボール箱に入れ、積み重ねている。その様子はまるで倉庫のごとし。

ある時、友人が缶詰の総重量を計算したことがある。

その結果は何と、400キロ以上。

おおむねグランドピアノ1台分に相当するという。

「床が抜けることはないと思うけど、一応は注意したほうがいいかも」

と、友人はのたまう。

そこで、缶詰は柱と梁が交差する壁際に置くことにした。部屋の中ではもっとも頑丈な部分である。

おっと、話が横に逸れたが、ともかく重量の問題は解決している。

今回の問題は何かというと、賞味期限切れのフルーツ缶なのだ。

朝、缶詰の入った収納棚を開けたら、甘〜い匂いがした。

もう一度書くが、甘〜い匂いである。

臭いわけじゃない。むしろ美味しそうな匂いだ。

だが、密封されているはずの缶詰から、匂いがするはずがない。すなわち缶詰のどれかが壊れ、中身が漏れたことになる。

棚の中に顔を突っ込んで、匂いの元を必至でたどってみた。

どこから匂ってくるのか、突き止めねばならぬ。マンガ〈鬼滅の刃〉の竈門炭治郎のように、全集中で匂いを嗅いだ（知らない人はスルーしてください）。

おおむね検討がついたので、その周辺の缶詰をまとめて取り出した。ひとつずつ外観を調べていく（この作業にはけっこうな時間がかかる）。

あった。スペインで買ってきたブドウの缶詰のフタがはずれ、隙間から変色したシロップが漏れ出ていたのだ。

ところで……。

たいていの缶詰は、賞味期限を過ぎてから食べても問題はない。

オイル漬けのもの、たとえばツナ缶の油漬けタイプなどは、賞味期限を過ぎて1年経ってもOKだ。

むしろ、ツナと油、塩が馴染んで、味がこなれてくる。

静岡県の、ある人気ツナ缶メーカーの人は

「賞味期限が切れたくらいが美味しい」

と断言したくらいだ。

要注意なのは、フルーツ缶であります。

古くなると、フルーツに含まれる糖とアミノ酸が化学反応を起こして、二酸化炭素ガスが発生する。

そのガスの圧力はとても強く、金属製の缶を内側から膨らませる。

そのまま放置しておくと、最後は缶がガスの圧力に負けて、つなぎ目が破れてしまう。

今回のブドウ缶も、同じようにフタと本体のつなぎ目が破れ、そこからシロップが漏れていた。賞味期限を過ぎてまだ半年だったのに、そんなことが起こったのだ。

密封状態が破れているから、中のブドウは当然、傷んでいる。

中身を取りだし、生ゴミとして処分した。空き缶は洗ってリサイクルゴミに出せばいい。

この程度の処理なら手慣れたものである。

そんなぼくでも、かつて対処法を誤り、大惨事を引き起こしたことがあった。パンパンに膨らんだモモ缶の処理に失敗したのだ。

そのまま開ければ、ガスの圧力によって中身が噴出することは分かっていた。だから台所に持っていき、流しの中で開けることにしたのだ。多少シロップが飛び散っても、あとで水洗いすればいいだろう。

ところが、その想定は甘かった。

プルタブを引き起こした瞬間に
「ブシュッ！」

という恐ろしい音がして、ドロドロの液体が真上に噴出したのだ。

ドロドロはぼくの顔を直撃し、メガネを覆って視界を奪い、それでも止まらずに天井まで達した。あまりのすさまじい事態に、なすすべもなかった。

やがて噴出がおさまってから辺りを見回すと、台所の中は大変なことになっていた。溶けた果肉とシロップの混ざった褐色のドロドロが、壁や天井のあちこちに飛び散っていたのだ。

すぐに洗剤を使って拭き取ったが、天井と壁のシミはとうとう取れなかった。

みなさんにも、ぜひ申し上げたい。パンパンに膨らんだ缶詰を見つけたら、不用意に開けてはならない。

バケツなどに水をはり、その中で〝缶を横に倒した状態で〟開けるべし。そうすれば、ド

ロドロは水中に飛び出るから安全である。

ちなみに、我が家の冷凍庫には、もっと凶暴な缶詰が入っている。世界一臭い食べ物として有名な、あのスウェーデンの〈シュールストレミング〉缶であります。

中身はニシンを発酵させたもので、いわば魚の漬け物。

缶詰は本来、中身を詰めて密封したあと、缶ごと加熱殺菌しないといけないが、シュールストレミングは加熱殺菌をしていない。

だから正確には缶詰じゃなく、〝缶入り〟食品ということになる。

が、そんなウンチクは重要ではない。

重要なのは、シュールストレミングを開けると、必ず中の水分が噴出することだ。

この水分がヤバい。死ぬほど臭い。

加熱殺菌されていないニシンは、ずっと発酵を続けている。しかし酸素がない状態だから、菌類や微生物類が、異常な活動をしている。その結果が、世界一臭いと言われる成分を生み出すのだ。

炭素ガスも発生させるため、賞味期限切れのフルーツ缶のように、缶は膨らんでいく。破裂を防ぐために、シュールストレミング缶は分厚い金属で造られているが、それでもパンパンに膨らんでいくのだ。なんと恐ろしい光景か！

ゆえに、我が家では冷凍庫で保管している。低温によって発酵を止め、破裂を防ぐためである。

だが、どうも以前より膨らんできたように見える。

もしこいつが冷凍庫の中で破裂したら……。絶対にあってはならないことであります。

開けてビックリ　おもしろ缶詰

子どもの頃は、おもちゃの缶詰に憧れた。

「金なら1枚、銀なら5枚」のエンゼルマークを送ればもらえる、あのチョコボールの景品だ。

何が入っているのか、フタを開けるまで分からない。缶詰の特性を生かしたニクい演出だった。

でもエンゼルマークはそう簡単に出なかったから、おもちゃの缶詰はついにもらえなかった。

その悔しさが今でも忘れられず、似たようなものがあると買ってしまう。

銀座のアーケード街で見つけたのは、真珠の缶詰だった。

缶の中にアコヤ貝（二枚貝。体内で真珠を育てる）が入っていて、殻を開けると真珠がコロリと出てくる。まるで真珠の養殖業者になった気分が味わえた。

真珠は黒く輝いていて、直径７ミリほどの真円である。ネックレスにするためのチェーンまで付いていて７００円程度だったから、ずいぶん安いのではないか（２００６年の話）。

といっても、真珠の相場はよく知らないんだけど。

次に入手したのは、置き時計の缶詰だった。

実際に手にすると、文字盤だけがイージーオープン式のフタで覆われていて、それ以外の部分は時計そのものだった。少々がっかりしたが、フタを開ける瞬間はやっぱりワクワクした。

ちょいと怖い思いをしたこともある。それはマリモの缶詰だ。

友人が北海道から送ってくれたもので、添えられたカードに
「一刻も早く開けてマリモを救出してください！」

とメッセージが書かれていた。

「えっ、これ生きてんの？」

驚きのあまり叫んでしまった。マリモは藻の一種だから、生き物である。それを生きたまま缶に詰めたらしいのだ。

何と恐ろしい。

メッセージには続きがあって
「早く開けないと酸素不足で死に、水が茶色く濁るそうです」

と書いてある。

衝撃のメッセージにたじろぐ。こうしてはいられない。震える手でプルタブを引き起こそうとするが、勇気が出ない。

もし腐っていたらどうしよう？　悪臭がするのか？

息を整え、勇気をふりしぼり、思い切って開缶！

マリモちゃんは生きていた。鮮やかな緑色の球体が2つ、水の中でたゆたっていた。

間にあって本当に良かった。

思えば、２０００年代前半にはこんなおもしろ缶詰がたくさん出ていた。

有名なのは空気の缶詰だ。山や高原に出向いて、現地で缶を密封するから、その土地の空気がたしかに入っているわけ。

中でも面白かったのは、摩周湖の霧の缶詰である。霧だから、フタを開けた瞬間に白いものがふわっと立ち昇るのでは……と期待したけど、そんなことはなかった。中身は空っぽで、かすかにアルミの匂いがするだけ。ただ何となく、胸の奥が爽やかになったような気がしたけど、気のせいだろうか。

秀逸だったのは、大阪の〝香り〟の缶詰だ。大阪各地の香りが３種類そろっていて、品名も

〈道頓堀　厚化粧の香り〉
〈北新地　うなじの香り〉
〈天保山　思い出の香り〉

と、思わず笑ってしまう。土地勘のある人なら、それぞれの意味が分かってもっと面白いと思う。

この３缶は、何と言っても中身が最高だった。芳香剤の塊がボテッと入っているだけなのだ。値段は１缶５００円（２００７年当時）と、安いのか高いのか判断しにくい。人によっては怒り出すかもしれない。

「５００円も取るくせに芳香剤しか入ってへん！」みたいな。

でも、ジョークと思えば最高である。プレゼントに渡して、その場で開けてもらえば爆笑

ものである。

今では終売になっているけど、また出てこないかなァ。

缶詰博士はどこで缶詰を買うのか？

講演会やイベントを行うと、よくお客さんに
「普段、どんなお店で缶詰を買っていますか？」

と訊かれる。

いつも時間が足りず、ちゃんと説明できていなかった。そこで、この場を借りてお伝えしようと思う。

ぼくが缶詰を求める時、大抵はメーカー、および商品名が決定している。

ゆえに、その缶詰が確実に売っている店に向かわねばならない。

ツナ缶の場合、たとえばはごろもフーズ〈シーチキンファンシー〉だったら、近所にあるスーパー〈マルエツ〉で売っているのを知っている。なのでそこに向かうことになる。

原料がビンナガマグロで、肉の形状はほぐしていない塊のまま。かつ、油漬け。それがシーチキンファンシーの特徴であり、それを指名買いしたい時があるのだ。

同じツナ缶でも、清水食品〈オードブルツナ　バター風味〉が欲しくなったら、基本的には通販で買う。扱っている店があまりないからだ。

このツナ缶は、かなり変わっている。バター味というのが珍しいし、原料のビンナガマグロは三陸沖で一本釣りしたもの。その脂が乗った部位だけを薄くはがして、1缶ずつ手詰めして造られている。

原料にも製法にもこだわり過ぎた、まさに〝変態好み〟のツナ缶であります（ほめてます）。

最近は缶詰メーカーの直販サイトが増えたので、送料さえ払えば確実に買えるようになった。ありがたいことだ。

と、ここでニュースが飛び込んできた。

ぼくが全面〝缶修〟した〈日本全国の本当に美味しい缶詰コーナー〉という缶詰売場が、2023年5月31日についにオープンしたのだ。

場所は東京・秋葉原。外国人向けの免税店で有名な〈ラオックス秋葉原本店〉の4階であります。

ぼくがネット記事などで紹介する缶詰には、レアなご当地缶詰が多く含まれている。そのほうがネタとして面白いからだけれど、一般のスーパーではお目に掛かれないことが多い。

なので、

「それ、どこに行けば買えるの？」

と質問されることがよくある。そんなレア缶ばかりを集めた売り場があったらいいなーと、ずっと思っていたのだ。

その思いが、やっと実現できた。

ラオックスは外国人向けの免税店だけど、日本人もフツーに買える。ぜひ足をお運びくださいマセ。

同じ秋葉原には〈日本百貨店しょくひんかん〉という店もある。その一角にある缶詰専門コーナーも、品数がかなり豊富なのでオススメだ。

ＪＲ新橋駅の構内にある〈カンダフル〉もいい。第2章の第1缶（Ｐ54）に登場した鈴木正晴氏が経営している店だ。小さな店ながら、選りすぐりのご当地缶詰が３００種類近く並んでいる。同店のオリジナル缶詰もあったりして、見ているだけで楽しめる。

輸入ものの缶詰が欲しいときは〈明治屋ストアー〉や〈信濃屋〉、〈酒のカクヤス〉に行くことが多い。

麻布台にある〈日進ワールドデリカテッセン〉と、広尾にある〈ナショナル麻布マーケット〉もはずせない。品揃えは少ないけれど、どちらも各国の大使館員が買い物に来る店なので、かなりマニアックな缶詰が見つかるのだ。

ナショナル麻布マーケットでは、かつて一度だけ、イラン製の〈fesenjan〉という缶詰を見つけたことがある。

fesenjanを何と読むのか分からなかったが、そのスペルのままネットで検索したら、イランのシチューであることが分かった。

食べてみると、味はバターカレーにちょっと似ていて、スパイシーなんだけどかなり甘め。メインの具は鶏肉で、なかなか美味だった。

というより、そんな未知の料理を食べられたことが嬉しかった。イランのシチューですぞ！

ほかには、アンテナショップに行くという手もある。

たとえば、有楽町にある交通会館。ここには各地のアンテナショップが集まっていて、一日いると日本中を旅したような気分になれる。

ただ、缶詰を置いていない道府県のショップもあるから、期待し過ぎてはいけません。

最後にオススメしたいのは、みなさんの家の近所にあるスーパーだ。

普段の買い物で、缶詰売場を端から端までじっくり眺めることは少ないと思う。店によって品揃えは違うけど、たとえばイオンとかイトーヨーカドーのような大手チェーン店なら、昔と違って缶詰の品揃えが格段に増えているはずだ。

さらに面白いのは、同じスーパーでも、地域によって品揃えが大きく変わるということ。旅行に出たときなど、ぜひスーパーの缶詰売場を眺めてほしい。自分の住んでいる地域にはなかった珍しい缶詰が、きっと並んでいるはずだ。

缶詰の食べ頃

缶詰には食べ頃がある。それは事実であります。

普通の料理は出来たてが美味しいけど、缶詰は賞味期限が数年間もある。いわば未来の味を見越して造られるから、味が馴染むまで時間が掛かるのだ。

ツナやオイルサーディンなどの油漬けは、賞味期限ぎりぎりが美味。その他の魚介類や肉類は、製造から1年後〜賞味期限まで美味しい。

フルーツ缶は、果実とシロップが馴染むまで最低でも半年かかる。あとは賞味期限までずっと美味しい。

いろいろあって混乱しそうだが、食べ頃の缶詰を簡単に選ぶ方法がある。それは、売り場の棚に並んでいる缶詰の、一番手前のものを買うこと。新しく仕入れた缶詰は後に並ぶから、あえて手前の古い（？）ものを選ぶわけ。

それと、大事なのは必ず賞味期限内に食べること。そうでないと悲劇が起こりますぞ（第3缶あってはならぬことを参照）。

おわりに　底なしの魅力を持つ缶詰

缶詰はウマい。

ステーキやうな重もいいけど、それと同じくらいウマい缶詰がざらにある。食べるときのワクワク度は、ステーキと同等であります。

話を盛っているわけじゃありませんよ。マジです。

サバ缶ひとつとっても、すげえ奴がおります。

青森県八戸市の近くで獲れる〈八戸前沖さば〉というサバは、体長が30センチを超えると脂肪分が30％近くなる。つまり、体の3割近くが脂。

人間だったら恐ろしいことになるが、サバの場合はむしろ

「脂が乗っててサイコー！」

となる。

ノルウェーサバも脂が乗っているけど、その質が違う。八戸前沖さばの脂には透明感があ

って、ほんのり甘くて品が良い。

さて、ここから先は映画〈男はつらいよ〉の寅さん風に読んでください。

そんな脂が乗ったサバの、一番ウマい腹の身だけを切り出して、塩だけで味付けしたサバ缶がある。

それだけじゃあない。製造してもすぐには出荷せず、半年、1年と倉庫で寝かせて、味の熟成を行ってから出荷するというこだわりよう。

どうだおネエちゃん。こんなサバ缶があったら食べたいだろう。

うん、あるんだな、これが。

その名もずばり〈八戸鯖〉。八戸市にある味の加久の屋謹製のサバ缶詰だ。

どうですか。こんな話を聞いたら食べたくなるでしょ。

しかし、サバの歴史的不漁のせいで、八戸鯖は2021年以降、ほとんど製造されていない。今では幻のサバ缶になってしまった。

やきとり缶も侮れない。

日本で初めてやきとり缶を開発したのはホテイフーズで、ぼくが好きなのはレモンが利いた〈塩レモン味〉と、柚子こしょうが利いた〈柚子こしょう味〉。

今年(2023年)には、同社の創業90周年を記念して〈白トリュフ味〉というのを出した(数量限定)。

これが、めっぽうウマい。風味付けに白トリュフを使うのは世界的なトレンドだけど、なにより鶏肉がジューシーで香りが良い。

なぜか分からぬが、白トリュフがやきとり本来の美味しさを引き出しているようなのだ。

ところで……。

かつて、昭和の時代は缶詰がもっと身近だった。

お中元やお歳暮には、缶詰のギフトセットが定番だった。カニ缶が入っていれば大当たり。いつ開けようかと、家族で話し合った家もあるのではないか。

法事とくれば、フルーツ缶の〈かご盛り〉だ。憶えていますか、かご盛り。パインアップルや白桃などの缶詰を重ね、かごに入れてリボンを掛けてあったっけ。懐かしいなァ。

日本人がもっとも多く缶詰を食べていたのは、おそらく1980年後半から95年頃のこと。

当時のテレビドラマを見ても、それが分かる。

87年に放送されたTBSドラマ〈男女七人秋物語〉には、大沢貞九郎(片岡鶴太郎)が大事に取っておいたカニ缶を、高木俊行(山下真司)が勝手に食べてしまうシーンがある。貞九郎がひどく悔しがった様子を見れば、そのカニ缶がどれほど大事なものだったかわかる。

まっ、カニ缶ですもんね。今だって高級品だ。

そうそう、ぼくは山下真司さんの大ファンで、一度テレビ番組でご一緒したときに「スクールウォーズ以来の大ファンです！」と告白（？）したことがある。

それを聞いた山下さんも、破顔して喜んでくれた。自ら「一緒に写真を撮ろうよ！」なんて言ってくれたっけ。イメージ通りの、朗らかでいい人でしたぞ。

おっと、缶話休題（閑話休題）。

時代が平成に入ると、いろんな加工食品の味がぐんぐんレベルアップした。

今やチャーハンとギョーザは冷凍が当たり前だというし、コンビニのお総菜だってグルメ化している。

昔は、手軽に食べられる加工食品は缶詰だけだった。しかしこうしてライバルが増えたことで、缶詰の存在感が薄れてしまったのだ。

でも、そのままでは終わらないのが缶詰のいいところ。

たこ焼きやたくあん、梅干しなどユニークなものが登場してきたし、田畑を荒らすイノシシを活用したジビエ缶もある。

噛む力が弱い人へ向けた缶詰とか、7大アレルゲンを使わない缶詰もある。本来なら捨てられてしまう食品をごちそうに仕立てたグルメ缶もある。

それらは「困っている人を助けたい」「ムダをなくしたい」という、一意専心の思いから開発されたものだ。

缶詰の魅力は、まだまだ底が知れない。

たかがエッセイ、されどエッセイ

ぼくの頭の中には、常にもう1人の缶詰博士がいる。

何かの判断を下す時など、そいつが
「ちょっと待って。もう少し考える時間はあるはず！」

などと言ってきたりする。

生来がせっかちで直情的なので、それを制御するために、いつの間にか生み出されたらしい。

以下の会話は、〝2人の缶詰博士〟黒川とハヤトによる会話である。

黒川「いやはや。終わりましたなァ、エッセイ本が」

ハヤト「何とか形になった」

黒川「なかなかの強敵だった。エッセイは連載でも書いてるから、慣れてると思ってたけどねェ」

ハヤト「連載で書くのと、書き下ろしで書くのは違うんだ」
黒川「どういうことよ？」
ハヤト「連載は、毎回違ったテーマで書ける。でも書き下ろしとなると、章立てして、章ごとにテーマを決めて、それに合うネタを揃えないといけない」
黒川「ああ、だから難儀したんだよオレ。そういう精密な仕事が苦手だからさァ」
ハヤト「精密って……」
黒川「オレの描くイラストだって、精密じゃねえもん。ユルいというか、ふわーっと描いてるね」
ハヤト「それについては、このあいだホテイフーズのO氏が言ってたね」
黒川「何て？」
ハヤト「ええとね。〝博士のイラストは素晴らしい。下手……じゃなくて、味があります〟だって」
黒川「あっははは！　そうだったなァ」
ハヤト「O氏は正直な人だね」
黒川「それにしてもよ」
ハヤト「うん？」

黒川「今回の仕事は、やって良かったと思うね」
ハヤト「そうか」
黒川「そうかって、お前だって同じオレだろ。そう思わねえの？」
ハヤト「まあ、１００点満点とはいかなかったけど」
黒川「いや、これまでオレたちは、あんまり自分自身のことを書いてこなかったろ」
ハヤト「うん」
黒川「気恥ずかしいっつうか。缶詰の良さを伝えるのが仕事なんだから、自分のことをネタにすんのはどうなの？　って考えもあってさ」
ハヤト「確かに」
黒川「ところがさ。この本では、子どもの頃のこととか、妹のこととか、ずいぶん細かいことまで書いた。都道府県とか学校とかも実名だからね」
ハヤト「まあ、隠すような事柄でもないけど」
黒川「それよ。だったら明かしちゃったほうが面白い。だってよ、自分の好きな著者がいたら、その人の生い立ちまで知りたくなるのが普通だろ」
ハヤト「すると、この本はエッセイでもあるし、自伝でもあると」
黒川「まっ、そんなもんかな」

ハヤト「またこういう仕事をしたいね」
黒川「オレは遠慮させてもらうよ。しばらくは」
ハヤト「なに言ってるの。やって良かったって言ったじゃないか」
黒川「そうだけどよ、ちっと休ましてくれよ。何だか体力もすっかり落ちちゃったし……」
ハヤト「おじいちゃんかっ！」

……ということで、この本では今まで触れてこなかった思い出などもたっぷり書いてみた。ふわーっとしたイラストも36点、ほぼ新作。缶詰博士の初めてのエッセイ本は、これにて〝一缶〟の終わりであります。
お読みいただき缶謝多謝です。また会いましょう！

●著者プロフィール
缶詰博士／黒川勇人（かんづめはかせ／くろかわ・はやと）
1966年福島県福島市生まれ。東洋大学文学部印度哲学科卒業。証券会社、出版社勤務等を経てフリーライターとして独立。幼い頃から好きだった缶詰の魅力を2004年〈缶詰ブログ〉で発信開始。以来、缶詰界の第一人者として各メディアで活躍している。公益社団法人・日本缶詰びん詰レトルト食品協会公認。商品開発も手掛けており、〈災害食大賞〉や〈ローカルフィッシュ缶グランプリ〉等の審査員も務める。

【著書】
おつまみ缶詰酒場 / アスキー新書
缶詰博士・黒川勇人の缶詰本 / 辰巳出版
缶詰博士が選ぶ「レジェンド缶詰」究極の逸品 36、日本全国「ローカル缶詰」驚きの逸品 36（ともに講談社）等

缶《かん》詰《づめ》だよ人《じん》生《せい》は

2023年8月20日　初版第1刷発行

著　者　黒川勇人
発行者　浜田和子
発行所　株式会社 本の泉社
〒112-0005　東京都文京区水道2-10-9　板倉ビル2階
TEL：03-5810-1581　FAX：03-5810-1582
印刷：音羽印刷株式会社
製本：株式会社村上製本所
DTP：杵鞭真一

ISBN 978-4-7807-2247-5　C0095